O ÚLTIMO ENDEREÇO
DE EÇA DE QUEIROZ

MIGUEL SANCHES NETO

O último endereço de Eça de Queiroz

Copyright © 2022 by Miguel Sanches Neto

Grafia atualizada segundo o Acordo Ortográfico da Língua Portuguesa de 1990, que entrou em vigor no Brasil em 2009.

Capa
Caco Neves

Imagens de capa
Foto de Eça de Queiroz: Coleção Fundação Eça de Queiroz
Foto da porta: Catarina Carvalho/ Unsplash

Preparação
Silvia Massimini Felix

Revisão
Marise Leal
Carmen T. S. Costa

Os personagens e as situações desta obra são reais apenas no universo da ficção; não se referem a pessoas e fatos concretos, e não emitem opinião sobre eles

Dados Internacionais de Catalogação na Publicação (CIP)
(Câmara Brasileira do Livro, SP, Brasil)

Sanches Neto, Miguel
    O último endereço de Eça de Queiroz / Miguel Sanches Neto.
— 1ª ed. — São Paulo : Companhia das Letras, 2022.
    ISBN 978-65-5921-116-6

    1. Ficção brasileira I. Título.

22-117939   CDD-B869.3

Índice para catálogo sistemático:
1. Ficção : Literatura brasileira B869.3

Cibele Maria Dias – Bibliotecária – CRB-8/9427

[2022]
Todos os direitos desta edição reservados à
EDITORA SCHWARCZ S.A.
Rua Bandeira Paulista, 702, cj. 32
04532-002 — São Paulo — SP
Telefone: (11) 3707-3500
www.companhiadasletras.com.br
www.blogdacompanhia.com.br
facebook.com/companhiadasletras
instagram.com/companhiadasletras
twitter.com/cialetras

Sumário

Na hora da fuga, 7
Minha maior riqueza, 14
Dormir na cama de Saramago, 21
Apalpando azulejos antigos, 28
Cemitério dos Prazeres, 34
Para conhecer Lisboa, 40
Não se mexe num altar, 47
Senhora das últimas coisas, 54
A Mulher Escarlate, 65
Livros criminosos, 70
Carta para Tininha, 78
Mover-se cegamente, 83
Festa de aniversário, 91
Deixar Lisboa, 98
Nossa Senhora do Leite, 103
O coiso, 109
Nu no inferno, 115
Partículas de estrelas, 121

O que levar numa viagem, 126
Visitador de túmulos, 131
A caminho, 137
Apego às casas, 146
Para que serve o corpo, 156
Ouvidor de vozes, 166
Vir de longe, 171
Quarto de hotel, 175

Na hora da fuga

Quando separava o dinheiro para pagar o encontro mensal com Fátima, aumentei um pouco o valor. Queria que alguém tivesse saudades de mim depois que eu fosse embora. Comprei um vinho argentino que estava em promoção no mercado perto de casa e tomei um banho para estrear bem o blazer novo. Só no meio da tarde Fátima me chamou, estranhando meus trajes.

— Morreu alguém?

Mas logo viu o vinho e abriu totalmente a porta. Um cheiro ácido vinha do apartamento, com a cama imensa, mal arrumada, no centro. Foi onde nos sentamos.

— Você trocou os lençóis?

Ela fez que sim com os olhos, sem fixá-los diretamente em mim, sinal de que não os havia trocado. Eu estava quebrando o ritual. Chegava sempre à noite, cego para questões de limpeza. Olhei para aquela mulher atlética, corpo forte, e fiquei alisando suas pernas. Depois nos beijamos.

— Ainda não é o fim do mês.

Fátima demorara para me atender por imaginar que eu não

tivesse dinheiro suficiente. Eu a procurava apenas com o salário na conta. Numa das vezes que me antecipei, ela teve de fazer fiado. E levei duas semanas para pagar.

— É que vou embora — falei.

— Demitido?

— Fiz um acerto.

— Era um emprego de merda mesmo. Mas do que você vai viver? Não pretende entrar no meu ramo, né? — ela riu, para me descontrair.

— Ganhei uma bolsa e vou morar em Portugal.

— Para estudar?

— Escrever um livro.

— Me leve com você — ela pediu com voz fingida.

Expliquei que uma fundação havia selecionado meu projeto e que eu receberia uma boa grana para ficar alguns meses apenas escrevendo. Quanta força havia na palavra *apenas*. Talvez até acabasse definitivamente na Europa.

— Lá é bom para o meu ramo. Eles gostam de brasileira.

— Nós também gostamos — falei isso tirando a blusa dela.

Depois que demonstrei com carinho e ansiedade meu apreço pelas brasileiras, tomamos vinho. Gastamos mais do que o horário do programa, que ela controlava com um incenso. Acendia a haste aromática e a deixava queimando enquanto o produto expulsava outros odores por uns vinte a trinta minutos. Quando a haste se apagou, produzindo um pouco mais de fumaça, ficamos em silêncio. Ela, sem pressa de se vestir, esperava detalhes. Onde eu iria morar? Não sei por qual razão, eu disse que em Braga. Teria sido mais fácil dizer Lisboa ou Porto, mas, ao escolher um destino menos comum, eu dava alguma autenticidade à escolha.

— Promete arrumar serviço para mim? — ela perguntou, aninhando-se em meu peito.

Prometi isso e muitas coisas mais. Que ela estaria em meu livro, numa cena na qual todos admirariam suas pernas. Também fiquei de fazer um relato sobre oportunidades de trabalho.

— Poderíamos dividir o aluguel. Dormiríamos de dia e, quando eu fosse para alguma casa de show, você escreveria.

— Quero alugar um quarto numa casa antiga, de no mínimo uns quinhentos anos, para dizer que moro num edifício mais velho do que o Brasil.

Quando o incenso não disfarçava mais o azedo do quarto, levantei-me, vesti minhas roupas, arrumando a gola do blazer, enfiei a mão no bolso interno e tirei o pagamento.

Ela se aproximou e empurrou minha mão de volta. Fiquei com ela na altura do peito.

— Guarde para as suas despesas.

— Tenho mais. Já recebi a primeira bolsa.

— Hoje foi por minha conta — e me beijou com algum carinho.

Quando começamos a fazer as opções certas, tudo sai a nosso favor. Fátima já não era uma prostituta fixa. Eu tinha uma garota que queria morar comigo em Braga. Nós nos telefonaríamos no início, fazendo planos.

Cheguei mais leve à minha quitinete, inconformado com sua decoração, com a falta de espaço. Nenhum escritor conseguiria a liberdade necessária para criar em um cubículo daqueles. Comecei então a separar o que poderia ser vendido. Em um saco plástico de cem litros, jogava coisas imprestáveis. Numa mala velha, enfiei as roupas que não iriam comigo. Antes de anoitecer, o apartamento tinha dois hemisférios: o dos pertences com certo valor e o do descarte.

Fiz fotos com o celular dos móveis e eletrodomésticos e anunciei num site de vendas. Em menos de meia hora, começaram a chegar mensagens. Uma semana depois, eu estava com um colchão no assoalho e a mala pronta. Ia enfim usar o passaporte tirado um ano antes. Comprei a passagem, e Fátima, quando livre, aparecia para conversar.

— O apartamento acabou maior — ela me disse.

Fui ao aeroporto numa manhã chuvosa, depois de passar uma madrugada de sexo e maconha no apartamento dela. Voltei para casa, peguei minhas coisas e, sem avisar a imobiliária, parti, deixando a porta aberta.

Além das novas roupas, comprara instrumentos de escrita. Eram caros, mas eu agora tinha dinheiro. Acompanhavam-me três cadernos Moleskine, tamanho 28 × 21,5, capa flexível, com uma pintura de Paul Wang, um *urbansktecher* de Singapura. A vocação para a navegação dos portugueses havia levado o idioma para a Ásia e a África, e o trouxera até aqui. Eu começava minha navegação de regresso. Não usaria um caderno nacional. Estava me livrando do Brasil.

Os outros objetos também eram importados. Duas canetas Lamy, destinadas à escrita de meu romance; lápis da marca Staedtler, para grifar livros importantes; e canetas Stabilo, ponta fina, tinta vermelha, para corrigir os originais. Além disso, eu tinha trocado meu laptop. Já antevia os cadernos em exposições futuras sobre o processo criativo do romance mais importante de minha geração. Ali estavam materiais que serviram de suporte a um texto feito de renúncia. Largou o emprego na livraria para arriscar-se na ficção. Depois de provações e de muita incompreensão, anos em quartos alugados em um país que não era o seu, o escritor tirou do vazio da própria existência uma obra visceral. Eu portava meus instrumentos ainda virgens, orgulhoso do futuro que havia conseguido. Pensei em escrever uma carta a meus pais, que moravam no interior do Paraná, e comunicar a novidade. Que eu havia vencido. A determinação deles fora um exemplo. Os anos de trabalho de minha mãe, no cartório, minuciosa em todas as anotações, eram meu modelo. Não falaria de meu pai, o eterno desempregado, mas até ele, com seu amor à vida, numa valorização dos dias, passados em contemplação do próprio transcurso do tempo, era uma referência. O escritor escreve como o cartorário, contabilizando o mundo que fervilha em sua imaginação, e se opõe a quem só pensa no sustento. Eu era meus pais, na versão artista, com uma consciência aguda de tudo. Cheguei a pegar a caneta nova, com a qual havia anotado o nome do romance na primeira folha de um dos cadernos, mas fui tomado por uma dúvida: escrever uma carta com esse instrumento não seria banalizar meu dom? Resolvi telefonar e contar, com a voz trêmula, tudo de bom que estava acontecendo. Não falaria da carreira literária, eles não iriam compreender, só da bolsa na Europa. Expliquei isso à minha mãe.

— Quem não te conhece que te compre — ela revidou.

Mas eu provaria a ela que podia estudar em outro país, onde havia pessoas que reconheciam meu valor. Não ia discutir com ela por telefone, com certeza tinha passado um dia ruim no cartório, daí o amargor. Meu filho está indo para a Europa, ela pensa orgulhosamente consigo mesma. Minha mãe sempre me apoiou. Quando desliguei o telefone, corri ao caderno e fiz a dedicatória. *Para minha mãe, que nunca economizou amor.* Poderia parecer uma frase edipiana, iria avaliar até o momento de entregar ao editor esse romance escrito com muito risco. Já via as manchetes dos sites só de pensar em minha história.

Com minha mãe ao telefone, prometi informar meu endereço e que, tão logo me estabelecesse, mandaria passagens para ela. A senhora está precisando descansar um pouco. E ela resmungou que, se eu não deixasse contas, já estava mais do que satisfeita. Mudei de assunto, pedindo que escolhesse um presente. O que quisesse. Roupas. Algum objeto para a casa. Vinho. Queijo da Serra da Estrela. Falava da beleza da estação de esqui na serra quando notei o telefone mudo. A ligação havia caído. Tentei telefonar de novo, chamava até dar o sinal de que não havia sido possível completar a ligação. Minha mãe não era de despedidas. Não seria de duvidar que, ao fim da ligação, ela tivesse ido até a imagem de Nossa Senhora para rezar pelo filho. Só de pensar nisso já me senti forte. É bom saber que as pessoas que amamos se preocupam conosco, que oram e nos enviam seus melhores pensamentos. Em voz baixa, murmurei: obrigado por tudo, mãe.

Em passos largos, entrei no aeroporto de Curitiba com um bilhete para São Paulo, onde ficaria o dia todo, para seguir, no meio da noite, para Madri. Vestia minha melhor roupa e trazia um exemplar de A cidade e as serras, comprado dias antes, livro que era uma biblioteca inteira para mim. Havia despachado apenas uma mala média, com meus poucos pertences. Era fácil mudar de país com muita bagagem. Eu não transportava quase nada. Viveria lá fora na maior desproteção. Minha segurança vinha unicamente do que eu trazia sob a calça, uma cinta-barrigueira forrada com notas de euro e dólar. Sem perceber, eu alisava aquela bolsa abaixo de minha cintura.

Almocei num restaurante caro do aeroporto de Guarulhos. Fazia pouco menos de seis horas que deixara Curitiba e era como se estivesse havia meses fora do país. Esse aeroporto é a área mais estrangeira do Brasil. Todos ali, mesmo os funcionários da limpeza, parecem ser de terras distantes. Eu já me encontrava na Europa. Tinha acabado de almoçar quando meu celular tocou. Apareceu o nome na tela. Fátima. Fiz um esforço para me recordar de sua fisionomia. Ela e todo aquele mundo estavam borrados em minha memória. Vinha-me à mente uma manhã curitibana de neblina. Por que não atendia a ligação? O afastamento produz crueldades? Tinha de me habituar a esses novos sentimentos. Será que nunca mais me lembraria da outra vida que passei aqui? Tirei a caderneta do bolso e tomei essas notas.

    Fátima ligou mais duas vezes. Mal eu havia partido e ela já sofria a minha falta. Havia um egoísmo bom nisso tudo, o de deixar um buraco na vida das pessoas. Talvez recebesse clientes pensando em mim, o homem que um dia escreveria a história dela. Se eu atendesse o telefone, alongaria aquele sofrimento. Pobre Fátima, tem medo de envelhecer sem um amigo ao lado. Eu fora isso, um amigo. Sempre me contava dos clientes. Dos que vinham drogados e não conseguiam fazer nada. Dos casados que queriam dela o papel masculino. Dos jovens lindos que não sabiam muito bem como começar. Do dinheiro que juntava para comprar um apartamento. O sexo para nós era pretexto. Gostávamos de ficar um com o outro. Mas agora eu queria uma mulher com quem pudesse ter uma história diferente.

    Quando conferi as mensagens no celular, encontrei uma acusação dela, algo esperado em quem ficou para trás.

    — Seu filho da puta. Roubou meus dólares. Vou matar você!

    Com tantos homens entrando em seu apartamento, era arriscado guardar dinheiro no armário. Pode ter sido qualquer um dos clientes. Mas é mais fácil acusar aquele que sempre a protegeu.

    Depois do embarque, tirei o chip do meu telefone e o quebrei, como quem abandona um carro na hora da fuga.

Minha maior riqueza

Eu poderia me considerar um tantinho rico. Nada que uma pessoa estabelecida invejasse, mas o que eu trazia comigo não deixava de ser bastante para gente fodida como eu fui. O dinheiro nos torna confiantes, como se tudo funcionasse a nosso favor. Era uma coisa nova para mim a intimidade com pessoas estranhas, que correspondiam a meus olhares e gestos. Jamais havia conhecido essa espontaneidade, porque minha condição me excluía previamente de qualquer afeto. Eu me punha numa situação falsa — a do bem servir — e representava um papel visto com reserva por todos. Nunca se confia no vendedor.

Estimulado por essa nova fase, a de alguém integrado, comecei a conversar com minha vizinha de poltrona, que quis saber o que eu ia fazer em Portugal. Pela roupa excessivamente bem cuidada, intuí ser das que achavam o Brasil um reduto de comunistas que queriam destruir a família, perverter os jovens e distribuir riquezas a bandidos e drogados. Revelei então meu plano de alugar uma propriedade no Douro, alguma casa ancestral que não fosse muito cara — estava na classe econômica e tinha de ser coerente.

— E a senhora? Viaja a passeio?
— Para poder andar em paz na rua.

Devo ter feito cara de espanto, porque ela me explicou em seguida:

— Lá no Brasil — não tínhamos ainda saído do aeroporto, mas a presença no interior do avião já nos retirava do país odiento — eu só ando de carro ou dentro de shopping center e do condomínio. Perdemos completamente a segurança de caminhar nas ruas.

— Nem nas cidades pequenas?

— Detesto isso que vocês chamam de interior — de repente, eu não fazia parte do mundo dela.

— Também não suporto — queria demonstrar minha adesão. — Para mim, a maioria das cidades do Brasil poderia ser extinta e transferiríamos a população para cidades médias que se tornariam grandes. Cresceríamos como país, como economia e como cultura.

— Mas aumentaria a violência.

— Isso é verdade — minha alma de vendedor não permitia a menor discordância.

Logo estava falando do motivo que me levara a partir. Meus pais moravam em Peabiru, no Paraná.

— Litoral? — ela quis saber.

— Sertão. Sempre confundem minha cidade com Peruíbe, na orla paulista.

E continuei a narrativa.

Aposentados depois de uma vida de trabalho (minha mãe foi juíza — os juízes se tornaram os justiceiros da pátria —, meu pai atuava no comércio de soja), eles foram viver numa quinta — eu já mudava meu vocabulário? —, na qual pretendiam *terminar* seus dias. As palavras têm uma força que pode ser maligna ou benigna. Poucos meses depois, uns malucos invadiram a propriedade, roubaram o que puderam e executaram os dois. Antes, com uma faca de serrinha, usada para churrasco, estriaram os seios de minha mãe. Foi uma noite de inquisição, só que a inquisição agora é feita pelo crime organizado.

— No Brasil, a única coisa minimamente organizada é o crime — concluí o relato.

— O senhor faz bem em ir embora — ouvi alguém falar na fileira de trás.

— Só a pena de morte pode nos libertar desses bandidos — outra pessoa falou.

Eu tinha mexido com os medos cultivados silenciosamente pelos passageiros, confessados apenas a seus analistas. Todo mundo que viaja para a Europa sonha com a possibilidade de um dia morar lá (algo que eu estava fazendo por todos eles), restaurando raízes rompidas.

Para dar alguma paz a quem me ouvia, comecei a falar de meu plano, administrar uma quinta com parreiras saudáveis na região do Douro, onde Portugal começou e, para alguns, onde de fato termina. Porque Portugal de verdade é o do Norte, o resto é uma mouraria sem passado cristão.

— Não me cagues com a história — ouvi alguém dizer com sotaque espanhol.

Eu já estava em minha quinta. Logo iria fazer a vindima, como forma de reatar laços. Num lagar de granito retirado das montanhas portuguesas, pisaria a uva, afundando os pés naquela massa como se estivesse percorrendo solos ainda em formação. Alguém falou "que bonito!". Meu sonho, revelei, era beber meu próprio vinho.

— Como em A *cidade e as serras*, quando Jacinto descobre o valor do vinho de Tormes — eu digo.

— E o senhor quer essa vida?

— É meu projeto.

— Já tem alguma quinta em vista?
— Sim, nas imediações de Tormes.

E as pessoas ao meu redor me olharam, como se todas conhecessem Tormes. Eu queria permanecer às margens do Douro, mas meus vizinhos se calaram, deixando um silêncio logo vencido pelo barulho das turbinas em decolagem. Aproveitei a tensão geral para fechar os olhos e me perder nas minhas fantasias.

O vinho que depois nos serviram, no jantar, trazia o gosto das uvas portuguesas, embora eu não tivesse visto o rótulo. Tudo me devolvia a Portugal, terra que me convocava.

Acordei um pouco antes de o avião pousar. Havia cruzado o oceano, essa imensa área lusitana, sem ver nada, embalado pela bebida e pelo cansaço de anos de preocupações.

O terminal em que descemos estava deserto. Como haviam servido o café da manhã em travessas de louça, guardei-as sorrateiramente na bagagem de mão, para levar como recordação de minha primeira viagem aérea. Não tinham valor e traziam o nome da companhia. Mas vi que um casal, nas poltronas depois do corredor, enfiava as peças na bolsa e fui movido pelo mesmo impulso. Era uma forma de nos vingarmos da empresa que enriquecia às nossas custas. E também um pequeno saque, o que nos livrava de crimes maiores. Ninguém naquele voo precisava de umas louças ordinárias, éramos turistas em visita à Europa ou em retorno a ela, e no entanto o sentimento de roubo nos movia.

Foi com as louças a se chocarem na mochila que saí do avião, talvez numa denúncia muito visível de quem eu era. Ninguém levaria em consideração meus motivos. Eu não passava de um criminoso, igualzinho aos que haviam matado meus pais. A comissária, na saída, estranhamente, ainda sorriu para mim. E segui livre pelo saguão vazio, movido pelos demais passageiros. Não havia lojas nem cafés naquele lugar de pé-direito muito alto e paredes de vidro, era desolador. Usamos escadas rolantes em sequências que eu não saberia descrever nem repetir, todos subitamente tomados por uma pressa paranoica.

Então tive a revelação. Estávamos numa prisão futurística. A tecnologia havia nos retido por uma noite num túnel que ligava São Paulo a Madri. E agora tínhamos a chance de fugir. E cada um queria escapar o quanto antes. Respirar o ar externo, com fuligem de carros, poeira, fumaça e outras impurezas. Como uma massa humana em pânico, corríamos para a saída. A decepção foi que chegamos a um corredor sem portas, com um trilho de trem. Não era possível deixar diretamente o terminal. No rosto de cada pessoa havia um medo qualquer. O edifício seria explodido? Guardas chegariam num vagão, desceriam atirando? Éramos refugiados tentando entrar de forma ilegal? Os grupos extremistas preparavam um fuzilamento coletivo como recepção?

— Para pessoas iguais a você nunca mais roubarem as louças de bordo — diria um soldado antes de disparar contra mim.

Eu era ali um ladrão. O ladrão. Pensei em deixar num canto as três travessinhas brancas. Só não fiz isso para não me denunciar. A vida da gente é uma sequência de autoproteções. Mentimos para não parecer ainda mais frágeis.

Eu estava muito tenso, à beira do choro. Ao perceber que um casal falava em francês ao meu lado, confessei em voz baixa, e em português, meu crime. *Peguei as travessas apenas como lembrança.* Eles disseram algo que não entendi.

E o trem chegou, vazio.

Todos entraram rápido. Qual o destino? Um campo de concentração? A polícia? Estava completamente entregue à premonição do que me ocorreria.

Depois de uns poucos minutos, descemos em um terminal movimentado, muito maior, e paramos na alfândega. As louças pesavam em minha mochila. Esperamos em silêncio durante alguns minutos. Os europeus haviam ingressado diretamente por outra área, mas nós passaríamos pelos guardas. Estávamos entrando na prisão ou saindo dela? À minha frente, um casal de hispano-americanos, com traços indígenas, foi conduzido a um lugar reservado, sob a escolta de dois policiais. Os viajantes se vestiam bem, tinham vindo na classe executiva, eu os notara ao entrar no avião, e agora iam ser vistoriados e interrogados. Essa situação aumentou meu medo. O que me perguntariam naquela cabine em que o policial mal olhava para as pessoas?

— Por que roubou as louças, meu senhor?

Eu daria minhas razões. Por motivos sentimentais. Não sou um ladrãozinho. Apenas um colecionador de objetos de viagem. Minhas mãos tremeriam quando eu tirasse o butim da mochila. Uma das peças cairia e se faria em cacos no chão de granito. O alheio chora seu dono, lembrei-me de minha finada avó dizer. As pessoas ao meu redor se assustariam com o barulho ecoado naquele caixote de concreto, pois vivem esperando a próxima explosão terrorista.

Chegou minha vez. Apresentei o passaporte, que foi folheado meticulosamente. Não havia registro de viagens anteriores. Na cabine ao lado, ouvi o guarda perguntando para uma jovem se ela trazia dinheiro suficiente. Não escutei a resposta. Já estava imaginando quanto eu diria possuir. Tinha de ser menos de dez mil dólares, o limite para não declarar na alfândega, não poderia ser nem próximo disso nem muito pouco. Fixei em cinco mil o valor que afirmaria ter comigo. Se tivesse de mostrar, enfiaria a mão sob as calças e tiraria um punhado de notas da barrigueira, uma quantia convincente. Estava imerso nesses pensamentos quando percebi que o policial me sorria enquanto carimbava com força o passaporte para me desejar uma boa estadia e devolver o documento. Cruzei a linha que dividia dois mundos.

E fui direto à esteira de devolução de bagagem correspondente ao meu voo. Antes dela, numa das esteiras que já haviam encerrado a retirada das malas, vi uma mochila rodando sozinha. Rodou uma vez. Depois outra. E ninguém a resgatava. Então a esteira parou e a bagagem sem dono ficou bem no meio, solitária. Meus olhos se encheram de lágrimas.

Assim que peguei minha mala, firmei meus passos e fui decidido para o desembarque. Havia uma grande alegria do lado de fora. As pessoas que aguardavam parentes, amigos ou contatos estavam descontraídas. Tudo era reencontro. Passei na frente de uma loja de roupas masculinas e me vi espelhado. Eu parecia até mais branco do que sempre fora.

Dormir na cama de Saramago

Não desci em Lisboa. Desci na língua portuguesa. E não precisava de um dicionário para me ensinar aquela realidade. Troquei meus dólares por euros numa casa de câmbio e fui a uma loja comprar um chip da Vodafone para o celular. Roteei o wi-fi para o laptop e pude, ali mesmo, organizar os próximos passos. Queria esse desamparo de não ter para onde ir num país em que pretendia ficar definitivamente. Na mesa de uma pastelaria do aeroporto, com um croissant amanteigado e um café, escolheria meu endereço provisório. De Madri a Lisboa, fiz de tudo para não me lembrar do Brasil. Sai-se de um país ao parar de pensar nele. O novo número de telefone era o início de meu novo eu. Vamos criando pequenas mitificações para fazer aquilo que deve ser feito. E eu sabia exatamente o que devia ser feito. Comecei a pesquisa com estas palavras: "estadia escritor Lisboa". E logo encontrei o lugar ideal para alguém em busca de experiências literárias. Fiz uma reserva de dez dias num quarto que deveria funcionar como entrada na grande literatura de língua portuguesa, uma espécie de oficina literária sensitiva, para implantar em mim o escritor. Para nos convencer de que podemos sediar uma nova identidade é preciso receber vibrações de certos lugares. Os vinte e cinco euros por dia valiam cada cêntimo, era o preço não da hospedagem, mas daquilo que eu receberia de um espaço que abrigou o gênio.

Depois de fazer meu cadastro num aplicativo, chamei um motorista. Tinha falado o menos possível com as pessoas no aeroporto, porque o aeroporto a que chegamos ainda não é o país a que chegamos. Planejava um contato com o *homus lusitanus*, um mergulho naquilo que a língua tem de mais intenso, para ganhar uma intimidade imediata. Fiquei na área externa do desembarque, esperando o motorista com meu celular na mão, olhando mais para ele do que para a paisagem nova que me recebia numa manhã quente de final de primavera. Demoraria pouco para sua chegada, e mesmo assim via os segundos passarem como carros lentos, buscando vaga para estacionar.

A decepção é que seria um modelo muito comum no Brasil. Meu desejo de me estrangeirar se frustrava nessa viagem inaugural. Assim que entrei, depois de deixar a mala no bagageiro, fiz o pedido comum entre viajantes.

— O senhor pode me falar um pouco da cidade enquanto vamos para Mandragoa?

Ele ficou em silêncio enquanto retirava o carro do lugar. Talvez não tivesse entendido a pergunta. Vivemos tão dentro de um idioma que qualquer desvio nos rouba a compreensão. Terei de falar mais compassadamente para dar a oportunidade de ser compreendido.

Por segundos, o silêncio continuou. Mas ele seria exceção no trajeto.

— O senhor é o segundo brasileiro que apanho no aeroporto hoje — o motorista tinha sotaque carioca.

Eu ainda continuava no Brasil. Só faltava ele ligar o som e

tocar algum pagode. Não se deixa imediatamente um país. Ele nos persegue nas coisas mais cotidianas. Nos sonhos, nos desejos de reencontrar os sabores dos pratos que nos alimentaram por décadas. Ao pensar nisso, comecei a sentir saudades da feijoada, cheguei a salivar em nome de uma memória degustativa que nunca foi importante para mim.

— Muitos brasileiros estão vindo para cá?

— Já somos mais de cem mil, o que é muito para Portugal.

Eu estava incluído naquele número e naquele verbo. Engrossava uma horda de imigrantes que eram os novos retornados, algo que acontecia ao longo das gerações. Nós encontraríamos de que maneira o país deixado por nossos antepassados?

— Há quanto tempo está aqui?

— Pouco mais de dois meses.

Ele ficava atento ao GPS do celular, que lhe passava as coordenadas com expressões portuguesas. Foi esse meu primeiro contato com a sonoridade da língua de Camões, numa reprodução computadorizada. Em todo o trajeto, só falamos do Brasil. Ele pedia notícias como se estivesse ausente por anos.

— Queria dar uma dica — ele me falou quando paguei a corrida, deixando o troco.

— Pode dizer.

— Tem seção de produtos brasileiros nos mercados.

Agradeci a informação e fechei a porta do carro diante de um prédio revestido de azulejos na rua da Esperança. Estava com a mala na mão. A calçada estreita, própria de áreas muito antigas, me transmitia uma sensação de não pertencer àquele lugar. Toquei a campainha várias vezes. E, por mais que insistisse, ninguém respondia. Ouvi então vozes na sacada do prédio. Recuei até a rua para ver, no terceiro andar, um homem falando comigo. Pedia para eu empurrar a porta e subir.

Foi o que fiz. As escadarias eram íngremes. Esse tipo de

prédio me comunicava com outro tempo. Eu enfim entrava na Portugal eterna. Nessa escalada, a mala pesava mais do que em outros momentos. No segundo andar, o anfitrião me alcançou.

— Sr. Rodrigo? — e, antes que eu confirmasse, apresentou-se: — Meu nome é António. Deixe-me ajudar.

E assumiu a mala de vinte e três quilos. Quanto menos coisas acumulamos, mais internacionais somos. António me perguntou se eu conhecia a obra de Saramago.

— Todinha — e o diminutivo tinha algo lusitano.

— Então vais apreciar o apartamento — disse quando chegávamos ao terceiro andar e ele abria a porta para uma sala simples, com móveis rústicos e pinturas recentes pelas paredes.

— Sente-se cá — ele orientou. E fui para uma cadeira no canto direito, com a porta-janela ao lado, uma estante ao fundo.

— Te pareces com um Saramago de barba — ele falou, deixando-me lisonjeado.

Não conheço nenhuma foto de Saramago barbudo, o que não me impediu de ver em mim traços do escritor. Há uma visão interior, por meio da qual nos damos as feições que queremos. Era o jovem, e barbudo, Saramago que se instalava naquele apartamento onde escrevera os romances que o levaram ao estrelato. Dali para a frente, nós nos confundíamos, misturávamos nossas vidas, e o que acontecia sombreava de alguma forma o que antes acontecera.

— Bem nesta mesa ele produziu seus romances — António me informou, com emoção na voz. — O senhor também poderá trabalhar aqui.

Ele intuíra meu projeto e eu estava grato por esse comentário. Minha vontade era tirar meus cadernos e escrever a primeira frase e não parar mais até chegar à última. Eu estava no velho bunker de José Saramago, no apartamento que ele ocupara com Isabel da Nóbrega nos anos 1970, e onde produziu grandes livros. Ali era um começo. Um espaço que guardava a energia de uma vocação.

— O senhor está a ver este smoking?

Concordei com a cabeça. Era uma peça velha, encardida, que ficava num cabide simples, como decoração da sala, pendurado na parede que levava ao aposento de casal. Havia alguma tristeza nele. As coisas traziam tragédias que se comunicavam conosco.

— Era dele?

António me fez um gesto de afirmação resignada. E se pôs a explicar. Quando Isabel, aquela que segundo o autor o pariu mais do que a própria mãe, quando Isabel viu a dimensão dos romances que vinham sendo escritos pelo companheiro, teve certeza de que ele ganharia o Nobel. Na partilha dos bens de seu pai, ela escolheu essa roupa de gala. Quando acontecia alguma coisa boa com o Zé, ela exigia que vestisse ao menos a casaca, e tomavam vinho naquela mesa. Para comemorar o Nobel.

— Todos os prêmios, por menores que sejam, se equivalem ao Nobel. O escritor pratica esse pequeno estelionato para suportar a espera. Muitos envelhecem com a convicção de que, sim, vão obter o prêmio máximo, mesmo sabendo que isso não vai acontecer. Outros morrem com a certeza de que já o ganharam. Vossas mentes, sr. Rodrigo, são verdadeiras máquinas de fingir. Chega-se a um ponto em que o vivido perde consistência e prevalece o longamente inventado. Saramago ritualizou com esse smoking o que viria a acontecer muitos anos depois. Não preciso cerrar os olhos para vê-lo a desfilar por esta sala com o traje especial. Tem um ar um pouco histriônico, como se não merecesse tal sonho, mas no fundo sabe que pode e deve se vestir dessa forma, que a roupa lhe pertence mais do que a outros. Que é dele desde Camões, desde Eça de Queiroz, desde Fernando Pessoa, desde mais recentemente nosso Miguel Torga.

Pertence a ele e a ninguém mais entre seus contemporâneos. Ora, sr. Rodrigo, toda genialidade é egoísta.

A frase era perfeita. Levantei-me e fui até o smoking para alisar o tecido. Nas horas de desesperança, alinhando as palavras depois de um dia de trabalho, Saramago se vestia para a cerimônia de entrega do prêmio.

Antes de alugar o apartamento e o transformar num hostel, António via Isabel caminhando sozinha pela rua. O antigo companheiro a abandonara, apagara o nome dela de sua biografia, não apenas de seus livros, vivia em outro país, e ela não participara da grande festa. Tudo isso tornara a moradora daquele endereço uma figura opaca. A mulher que não foi amada para sempre nem nas dedicatórias.

— Eu conversava com ela, pedia lembranças do tempo em que ambos mudaram a literatura com livros que não eram só dele. Isabel mastigava algumas frases sem entusiasmo. *Ele me fez a mulher que foi deixada pelo prêmio Nobel*, ela me falou um dia — concluiu António.

Quando o apartamento foi alugado — ela se recolheu a Cascais, onde tem parentes —, António ficou com aquilo que testemunhara o amor dos dois. A peça principal desse tempo era o smoking. Primeiro pensou apenas em morar ali e seguir seu trabalho nas artes plásticas, que podia ser visto nas paredes, mas alguns turistas tocavam a campainha para conhecer a casa. Resolveu por isso alugar quartos por um aplicativo. Era preciso que mais gente permanecesse entre aquelas paredes.

— E esse smoking ficou vazio na solenidade de entrega do Nobel — afirmei, com tristeza.

— Mas é como se tivesse estado lá, porque esteve muito antes, e diversas vezes, no corpo dele.

Para me recuperar desse contato póstumo com Saramago, fui até a sacada, olhei a rua da Esperança com seus prédios antigos, os carros passando, indiferentes, muitos estacionados ali como barcos no cais. Era esta a rua que ele via. Era aqui que descansava depois de horas de escrita. Um vento suave me refrescou o rosto com o afago de suas mãos transparentes.

Quando voltei à sala, António já havia levado minha mala até o quarto e estava com duas doses de vinho do Porto nas mãos. Bebemos em pé.

— Agora descanse um pouco para acertar o fuso horário — ele me aconselhou, os olhos a indicar o quarto com a porta aberta.

Segui para lá com passos lentos e, antes de me fechar ali, ouvi o anfitrião.

— A cama em que Saramago dormia com Isabel.

Foi nela que derrubei meu corpo sem tirar os sapatos. E me pus a suplicar. Isabel, me perdoe, falava baixinho, o rosto afundado na colcha. Me perdoe. Nunca é tarde para o marido pródigo voltar.

Apalpando azulejos antigos

Era um som distante, como se viesse pelas paredes, do subsolo, e chegasse até meus ouvidos pelo colchão, que o recebera dos pés da cama. Num primeiro instante, eu não sabia onde estava e sofria com uma sensação de irrealidade. Quem é este que acorda e olha um quarto em que não se reconhece? Tive de pensar uns segundos para me fixar em mim mesmo, como se minha consciência houvesse se desgarrado de meu corpo e eu fosse um ser fracionado, que precisava de uma unidade mínima para me levantar e me mover. Notei que era noite. Ergui-me indeciso e consegui ir até a porta. Olhei as mãos e estranhamente eram as minhas. Ao ver a sala vazia, lembrei-me de tudo. Havia dormido a tarde inteira, estava com fome, a cabeça doía, como se pequenas agulhas fossem injetadas em meu cérebro, e isso atrapalhava ainda mais meus movimentos. Então identifiquei o som da sirene da velha campainha que ficava escondida em algum lugar. Fui até a sacada, aberta na noite que estava mais para verão do que para primavera, e olhei para baixo, tal como António fizera comigo, e descobri uma moça com mochila a me acenar.

— Sou Meritxel, que entrou em contato com o senhor.
Por pouco não disse "muito prazer, Meritxel". Mas ela estava me confundindo com o proprietário, que morava um andar abaixo, em outro apartamento. Ali era seu ateliê para experiências biográficas. Meritxel seria também escritora? Ou desenhista? Não dava para ver isso em seu rosto. Não dava para ver sequer seu rosto.
— Pode abrir a porta para mim?
Deixei a sacada e fui até a cozinha, mas não encontrei o botão para destravar a entrada. Tive de descer os três andares para fazer correr a fechadura presa por uma lingueta. Assim que escancarei a porta alta e estreita, descobri que a nova hóspede não tinha mais do que minha idade. Usava roupas largas e encardidas, algo visível mesmo à noite.
— O sr. António poderia subir com a mochila para mim? Está pesada — ela a deixara na calçada.
Gosto de mulheres que dão ordens. Já decidem o que devemos fazer. Não é preciso pensar muito nos próximos passos. Peguei a mochila, que de fato estava pesada, enganchei-a em meu ombro direito e fui na frente. Ela pedia desculpas pelo horário, o voo de Barcelona atrasara. E ainda tinha ido rever o Tejo antes de vir para cá.
— Molhar as mãos nas suas águas — ela falou.
Eu não havia saído do apartamento desde que chegara. Dormira um sono de anulação. Estava com muita fome e nem provara das delícias portuguesas.
Chegamos ao apartamento sem que eu falasse nada. Só então revelei que não era o proprietário, enquanto deixava a mochila na poltrona de leitura. Havia mais um quarto, provavelmente preparado para a jovem.
— Desculpe. De que região do Brasil o senhor é?
E ficamos conversando como dois viajantes. Ela conhecera

Curitiba, uma cidade sem graça. Argumentei que ela esperava algo tropical e Curitiba tentava copiar a Europa. Não, não, ela disse. Sem graça porque não há alegria. Na obrigação de contrariar isso, fiz uns gracejos. Elogiei que falava muito bem português para uma catalã.

— Meu pai é de Girona, mas minha mãe é portuguesa do Minho. — Ela tirou da sacola de compras pão, fiambre e vinho.
— O senhor me acompanha?
— Para eu ficar um pouco mais alegre?
— A Espanha e o Brasil têm o mesmo colorido, não acha?

E fomos para a cozinha arrumar o lanche. Ela quis saber o que eu fazia em Portugal.

— Vim para escrever um romance.
— Para escrever ou para viver?
— Tem alguma diferença?
— Não, mas é mais fácil viver do que escrever. Não vai perguntar para que estou aqui?
— Matando saudades da pátria da sua mãe.
— Portugueses e brasileiros falam muito em saudade. Esqueçam um pouco isso. Vamos falar em celebração — encheu duas taças de vinho, brindamos e depois mastigamos nossos sanduíches.

Meritxel estava fazendo um guia dos lugares literários de Portugal, para ser publicado em castelhano, catalão e inglês. Trabalhava numa editora de Barcelona. Por isso alugara o quarto no hostel.

— Isso aqui está meio caidinho, não?

E olhamos os móveis velhos, as paredes mal pintadas, o smoking no cabide. Contei a história do traje que não fora usado na entrega do Nobel: o curioso é que, ao não ter servido para o fim a que estava destinado, ele se tornara peça de museu. Ela riu, parando no ar o sanduíche.

Deixou-o no prato e me contou também uma história. Ao conhecer alguém, é preciso trocar histórias. Estava na dúvida se se hospedava aqui ou não, pensava inicialmente apenas em visitar o lugar e incluí-lo em seu guia. Ligou para António e ele narrou algo que a comoveu. Quando ele alugou o apartamento, em que ficaram muitos móveis e pertences de Isabel, trouxe seus instrumentos de pintura e começou a trabalhar. O fornecimento de luz nem chegou a ser interrompido. Como ocupou o imóvel logo depois da saída de Isabel, seria só uma continuidade de habitação. Isso permitiu que ele descobrisse a maior prova do amor silencioso que ela nutriu pelo companheiro desgarrado. A conta de luz continuou no nome do antigo morador. Ela nunca trocou o sobrenome ligado ao apartamento. É ainda hoje a casa do sr. Saramago, pelo menos para a companhia de luz. A cada fatura, Isabel deve ter sentido um tremor nas mãos. Quitava mais um mês de energia elétrica para que ele pudesse escrever sem preocupações.

— Foi isso que me prendeu a este lugar — falou Meritxel.

E voltamos a comer nossos sanduíches. Era o amor depois da partida dele. Se Saramago apagou o nome de Isabel dos livros, ela não apagou o nome dele da conta de luz. Memória dolorosa do homem que se foi. E que não se foi. Permanece aqui mesmo depois de morto. Em estado de abandono, vivemos mais intensamente. Que triste tudo isso. Uma união que permaneceu apenas na conta de luz.

— António me disse que vai manter enquanto puder.

Quando a garrafa de vinho Chaminé acabou, Meritxel pediu desculpas, precisava dormir. O cansaço da viagem e essa coisa toda. Amanhã começaria cedo a peregrinação por lugares literários pouco conhecidos. Eu queria falar mais com ela. Ficar a noite toda contando coisas. Embora nos conhecêssemos havia tão pouco tempo, eu já tinha necessidade dela. Cada um em seu quarto, passamos a noite no apartamento de Isabel e José.

Tendo dormido bem — pois encontrara um projeto: convencer Meritxel a me levar em suas visitas —, levantei-me cedo e saí em busca de uma pastelaria, voltando com pães, fiambre, queijo, doces e uma caixa de suco de laranja do Algarve. Preparei a mesa onde Saramago escrevia para termos a paisagem dos telhados portugueses. A moça se levantou — talvez acordada não por meu barulho na cozinha, mas pelo cheiro de café — e veio ainda de pijama para a sala, numa intimidade conjugal. Disse bom-dia e foi se sentando à mesa, como se estivesse num hotel. Servi suco para ela e para mim.

— Enquanto uma pessoa ama a outra, as duas ainda se amam intensamente — ela falou.

Era como se estivéssemos retomando a conversa da noite anterior.

— O amor mora na conta de luz — brinquei.
— Dá vontade de reler os livros escritos aqui — ela falou.
— Queria conhecer Isabel da Nóbrega. Ler os livros dela.

E o croissant com fiambre e queijo que eu havia preparado ganhou um travo amargo. A glória de um é o esquecimento de milhares. Mas a vida no esquecimento me pareceu mais rica do que a vida na glória. Se isso fosse verdade, devíamos todos buscar o anonimato.

Ao fim do café, não tendo António aparecido, propus que saíssemos imediatamente, pois tudo ali era muito intenso. Ela riu e disse que tinha serviço. Eu poderia carregar sua mochila, propus. Não levarei mochila, respondeu, mas podeis ser meu assistente.

Depois de nos arrumarmos rapidamente, ganhamos a rua da Esperança. Assim que começamos a descer a ladeira, para pegar uma condução, sugeri que fôssemos a pé, tal como Saramago fazia o trajeto até o *Diário de Notícias*. A distância entre o apartamento e o belo edifício modernista, na avenida da Liberdade, era de uns três quilômetros, vi pelo Google. Iríamos refazendo os passos do então jornalista, que depois seria demitido por suas ideias de esquerda para se tornar o escritor que trazia em si. Há patrões que são parteiros.

Eu parava nas casas com velhos azulejos e os acariciava, como se fosse o pelo macio de um gato. As casas estavam ali havia séculos, tinham testemunhado muitas vidas, a passagem de um número incontável de pessoas, mereciam esse carinho. Achando divertida a brincadeira, Meritxel ria.

— Você sabia que Isabel era editora do *Diário de Notícias*? — perguntei.

— Sim, e qual a importância disso?

— Eles deviam ir assim, juntos, pela manhã, ao trabalho.

— Apalpando azulejos?

— Com certeza.

E peguei a mão dela e a levei, com carinho, a uma parede, para que sentisse as juntas entre as peças, a aspereza dos desenhos.

— Nessa época, eles já eram bem mais velhos do que nós — ela falou, soltando sua mão da minha.

Cemitério dos Prazeres

O antigo prédio do *Diário de Notícias* é agora usado como edifício de apartamentos, foi o que constatei nessa volta ao local com o qual o escritor teve de romper para tirar de dentro de si seus livros. Os livros não são escritos. São retirados lá do fundo de nós. Nascemos com eles, nós os carregamos ao longo de anos, décadas, até termos ou não as condições de dizer o que foi inscrito em nós. O jornalista, em Saramago, sabotava o escritor. Quando o jornalista foi sabotado pelos colegas, o escritor pôde aflorar. Essas mudanças nos inventam. É muito mais difícil largar um emprego seguro e tentar ser escritor, contando apenas com o que trazemos em nós.

Nesse ritual, eu reverenciava o prédio, por ele também ter se reinventado. Depois da primeira vez, sozinho, pois Txel alegou que eu a atrapalhava com minhas meiguices, fazia o trajeto até a avenida da Liberdade, variando um pouco as ruas, sem a preocupação de chegar logo. Meus passos ecoavam os passos de Saramago, presos a esse roteiro por alguns anos.

Depois eu seguia ao Terreiro do Paço, ao Chiado, ao tabuleiro turístico. Em algumas noites, não encontrava Txel, pois ela chegava tarde de suas andanças que incluíam pequenas viagens a Sintra ou a Óbidos.

Retemos uma cidade a partir do momento em que amamos o que aí está escondido, ela me disse uma manhã em que acordou perto do meio-dia. António estava agora sempre presente, queria que seu hostel tivesse destaque no Guia dos Lugares Literários de Portugal. A hóspede, no entanto, fingia interesse maior por outros endereços. Nessa manhã, disse, na frente do anfitrião, que me levaria à verdadeira casa de Fernando Pessoa.

— Você conheceu apenas a réplica — falou.

— Não era lá a casa dele? Com seu quarto. Um quartinho que colonizou todo o prédio, e que agora é um dos centros literários do Ocidente?

— A verdadeira casa de um escritor só pode ser feita de um material.

— De palavras — respondi, imitando o aluno que se quer o melhor da sala.

— De morte.

Ela foi ao seu quarto e logo voltou trocada. Intuí que também devia me arrumar. Tinha uma visita pela frente. Novamente na companhia de Isabel, isto é, de Txel, percorríamos uma Lisboa que não fora ainda descoberta. Tudo era mais belo ao lado de Txel. A beleza é o que nos move até as coisas, e não está apenas nas coisas.

— Vamos de elétrico — ela ordenou.

Seguimos até o Terreiro do Paço numa pressa que eu ainda não tivera. E entramos no elétrico 25. O 28 é mais turístico, ela disse. Sentados em bancos de madeira, fomos chacoalhando juntos, jogados um contra o outro, ao som do ranger do aço nos trilhos, recuperando uma calma perdida. A viagem ao passado tem de ser lenta. Descemos na frente do Cemitério dos Prazeres.

— Aqui está enterrado Fernando Pessoa.
— O túmulo não fica no Mosteiro dos Jerónimos?
— Antes do translado, ele se decompôs neste endereço. Tem mais do poeta aqui do que em outros lugares. Eis sua verdadeira casa.
— Feita de morte?
— E de vazio. Venha — ela me puxou pelo braço e entramos no cemitério, com seus ciprestes tristes. Seguimos até uma capelinha minúscula, em contraste com tantos túmulos imponentes. Permaneciam no jazigo familiar do poeta as datas de nascimento e morte. Tocamos o túmulo. Eu tinha vindo à Europa para acariciar prédios. Fernando Pessoa ficou ali de 1935 a 1985. Por meio século aquele foi seu endereço, até ser levado ao Mosteiro dos Jerónimos. Então Txel declamou o poema "Aniversário". *No tempo em que festejavam o dia dos meus anos, eu era feliz e ninguém estava morto. Na casa antiga, até eu fazer anos era uma tradição de há séculos...*
— Aqui ele já não faz anos, só lá no Jerónimos.
Declamamos, um para o outro, mais alguns versos, embora eu errasse sempre, obrigando Txel a me corrigir alegremente.
— Esse não é o único endereço literário aqui. Há um jazigo recente tão ou mais importante que o de Pessoa.
Intrigado com a informação, fiquei imaginando qual escritor seria maior do que ele. Camões? Talvez Vieira? Florbela Espanca? Queria ir logo ao próximo jazigo, que talvez fosse humilde como o de Pessoa. O último endereço de um escritor raramente se torna monumental.
— Vamos rezar outro poema para a ausência de Pessoa? — Txel pediu.
Meu corpo permaneceu rijo, como se não fosse prestar essa homenagem.
— Você não crê?

— Em Pessoa? Creio. Creio no Deus poeta todo-poderoso — brinquei.

— Não falo do poeta. O poeta já não existe. Falo do vazio. Um escritor resta, depois de morto, como vazio. Que precisa ser preenchido por nós. Devemos crer no vazio.

— Creio.

— Vivemos a maior parte do nosso tempo com o vazio. Com o que já não está conosco. Um grande amor é mais vácuo do que plenitude. Amamos mais à distância do que em corpo presente. O amor como falta, muitas vezes antecipada, nunca como abastança.

— Já sinto a falta — não falei de quem ou de quê.

E ela saiu a caminhar à minha frente e só parou diante de um pequeno túmulo, com uma foto na cabeceira em que aparecia uma jovem dos anos 1920. Ao redor do túmulo, uma grade no estilo bercinho de bebê. E, sobre a tampa, flores recentes.

— Este é o centro do cemitério.

E lá estava o nome. Ofélia Queiroz, a namorada do poeta, que a chamava de meu bebê. O amor nunca se consumou. Está aqui como um pequeno berço de ferro, um colchão de concreto. Perdidos depois de sua morte, os restos de Ofélia foram encontrados e transferidos para perto do vazio do amado. Agora os dois vazios se comunicam, dividem um céu indiferente às nossas solidões, disse Txel como se declamasse um poema. Ficamos em silêncio para reverenciar o caso de amor que não aconteceu, e por isso permanece.

Fomos interrompidos logo depois pela aproximação de um casal jovem. Tinham nos olhos todos os sonhos que animam a paixão. Ao nos ver, ficaram constrangidos, como se os desmascarássemos. Estavam ali uma catalã e um brasileiro unidos pelo que ficou retido nos livros. Funcionávamos para eles como negação daquele rito. Para celebrar um verdadeiro matrimônio, só era preciso que o casal entrasse na igreja. De preferência numa manhã ensolarada, com os vitrais coando luminosamente o dia, e os dois, ajoelhados diante das imagens, trocariam as alianças de dedo, mãos trêmulas e suadas. Imaginei assim meu casamento.

Txel tocou meu ombro e se afastou. Fui atrás. Andamos alguns metros, fingindo ver outros jazigos. Ocultos, observamos a cena. Primeiro os namorados se beijaram na frente de Ofélia. Um beijo longo e apertado. Até meu lábio inferior ficou doendo, pois sem querer o mordi. Terminada essa opressão amorosa, os corpos ainda muito colados, eles se abaixaram perto da grade e fizeram alguns movimentos. Já em pé, gastaram uns poucos minutos diante do túmulo para logo deixar, contrariados, o local. Não olhavam outros jazigos. Só existia aquele para os dois adolescentes. Algo intenso se manifestara ali. Olhei para Txel e ela correspondeu ao meu apelo não pronunciado. Voltamos ao túmulo. A pouca distância, notamos algo reluzente a pender numa das hastes da grade. Ainda não era possível identificar o que era. O sol do começo de tarde refletia naquele pequeno objeto. Logo vimos um cadeado. E, ao chegar mais perto, também nos abaixamos, quase tocando os joelhos no chão, e lemos em voz baixa os nomes inscritos no cadeado. Filipa e Rui.

— Não tinham mais do que quinze anos — falei.

— Dois bebês.

— E no entanto viviam um confronto com o abismo do amor. Queriam a união extrema.

— Todos agora tatuam o corpo. Inscrevem os nomes amados. E isso está encenado aqui. Dois nomes comuns que serão tomados pela ferrugem.

— Carregaram as chaves com eles?

— Sim — ela disse, olhando para o chão, como a ter certeza de que não haviam deixado cair as chavinhas destinadas a reter aquele amor.

Vão conduzir as chaves até o Tejo, atirá-las nas águas, para que um deus qualquer mantenha Filipa e Rui juntos, pensei. Mas a possibilidade de isso acontecer é pequena. Eles terão de usar todos os meios para interromper a separação que os espera ali na esquina. Então, haverá outro ritual, às margens do rio, e eles voltarão para casa, cada um para sua casa, na esperança de que aquilo que o jazigo de Ofélia uniu nada, nada separe.

— Um dia, não se verá mais a grade, só os cadeados — brinquei.

— Todo laço é frágil. É o que aprendemos a cada momento. E contra isso lutamos.

Percebi que Txel havia perdido recentemente um grande amor. Ela fazia a visita ao jazigo que comeu as carnes de Pessoa e ao que guarda os ossos nus de Ofélia como quem busca uma igreja onde estão relíquias de santos. Eu era apenas a sombra do amado, daquele que se foi. Nunca vivi a inexistência de maneira tão concreta. Estava ali como espectro. A figura pálida de um outro que ignoro.

Voltamos de bonde, em silêncio, até o Terreiro do Paço. Seguimos direto para as margens do Tejo, recebendo ofertas de haxixe de vários vendedores, e ficamos olhando as águas. Todos os casais que víamos, jovens ou velhos, eram Filipa e Rui a contemplar o rio que engolira as chaves do que não pode ser aprisionado.

Para conhecer Lisboa

Caminhar à tarde por Lisboa, depois de vinhos e bochechas de porco estufadas, é uma experiência meio onírica. As ruas se fazem paisagens impressionistas e sentimos nossos passos levitarem. Subimos ladeiras, extasiados com o cheiro do reboco úmido dos casarões, ouvimos trechos irreconhecíveis de idiomas e, por algum equívoco, seguramos a mão de uma mulher.

— Cheguei virgem a teus lábios — digo, enquanto a beijo com a boca mole.

Um gosto de uvas e gordura insiste em minha língua, intensificando o que há de podre em todo beijo. Seguimos para um ponto qualquer que não sabemos onde é. Mas que nos chama. A vontade que tenho nesse momento não é de acariciar as paredes, mas de lamber o reboco velho, sujo, coberto de fuligem. Lamber cada casarão. Quero beijar casas velhas. Vim aqui para isso, lamber civilização. É preciso não ter dignidade alguma para se entregar àquilo que nos atrai de forma obscura.

Estendo a língua para as paredes e sinto a carne do rosto dela. Quem é essa mulher? A própria cidade. Beijo amorosamente paredes, postes, monumentos, salivo de forma excessiva sobre bancos de praças e de bondes, chupo os dedos das estátuas, mamo nas quinas dos muros. Quero o sabor podre de tudo. E enfio a língua na boca meio fechada de quem me acompanha.

— O que fazes lá no Brasil?

— Roubo pessoas. Nisso somos muito bons. E cá estou para investir o dinheiro dessas pilhagens.

Digo isso passando a mão numa de suas pernas. Ela ri de minhas bobagens e de minhas investidas, mas não se afasta. Está ali com o investidor brasileiro. Tiro uma nota de cinquenta euros e enfio no bolso da frente de sua calça.

E ela ri pela primeira vez. Quer saber para onde vamos. Já estamos, respondo. E tento alcançar em público seu seio. Ela retira minha mão de sua blusa. O cheiro doce do reboco me acalma e me escoro em seu tronco rijo. Tem mãos de colona, unhas roídas, um corpo que é uma casa com medidas de outras eras. Medidas largas, generosas. Abra a porta, imploro. Ela dá uma gargalhada e me conduz a um prédio sem elevador. Vejo apenas os degraus de madeira gasta que vencemos sem esforço e me pergunto se aquelas tábuas vieram do Brasil. Há quantos anos essas árvores foram cortadas? Imagens de troncos caindo sobre árvores menores, o barulho das fibras se rompendo, o cheiro da seiva de madeira verde, tudo me vem à mente, de forma embaralhada, enquanto subo degrau após degrau, puxado por ela, e olho seus dedos cabeçudos com vontade de roer ainda mais suas unhas, até sangrar, por isso ergo sua mão até minha boca, passo a língua em seus dedos com cheiro de cigarro e maconha. Roer a unha seria uma forma de autofagia? Começamos por elas, depois comemos nossos dedos. Lentamente. Ela retira a mão da minha e se afasta com um gemido quando mordo uma pontinha de pele solta de seu dedo e puxo.

— Canibal — ela me acusa.

Chegamos ao andar em que mora, ela abre a porta do apartamento e vem um odor de poeira, roupa suja, toalha molhada e esperma velho, e é essa mistura estonteante que encontro nas ruas antigas. Ouço a porta se fechar e encontro o corpo daquela mulher imensa e escorrego por seus peitos inflados, e logo estou de joelhos diante de seu sexo com odor ardido de urina e deixo meu corpo escorrer, como se ele perdesse a estrutura óssea, sentindo no rosto o fêmur dela, seus pés, e eis que beijo o assoalho de madeira do apartamento. Beijo florestas do Brasil? Peças de roupas começam a cair sobre minha cabeça, continuo com a face no chão, esfregando-me sexualmente nas tábuas, enquanto também me livro das roupas.

Suas mãos me erguem e logo os corpos caem sobre a cama. Estamos sobrevoando a cidade e nos debatemos como aves sem asas que se sonham no ar, acasaladas nas alturas a que o álcool nos eleva.

— Nunca confessei isto a nenhuma mulher: eu vos amo.
— Acho muito bonita vossa maneira de fantasiar.

Acordei apenas de madrugada, com ela ao meu lado. Desmaiara por causa da bebida. Nossas roupas estavam no chão como corpos depois de um massacre. Não entendi num primeiro momento o que estava fazendo ali. Havia sido capturado numa armadilha, estava preso nesse quarto? Quem era a mulher com quem dormira? Tentando não fazer barulho, me vesti, para em seguida ver com a lanterna do celular se meu dinheiro ainda estava na barrigueira que havia embolado em minhas roupas (estava!), mexi nos bolsos da calça dela e recuperei a nota de cinquenta. Com todo o cuidado, saí do apartamento em que ela vivia e trabalhava. Antes de fechar a porta para aquela noite, olhei o assoalho estragado.

Uma dor de cabeça suave me acompanhava enquanto descia as escadas, pensando no bom hábito de madrugar. Nunca ser surpreendido na cama pelo sol. Na rua, o ar limpo me renovou. Andei com calma, encontrando um ou outro madrugador que saía de casa, e notívagos, que retornavam. Eu não fazia nenhuma das duas coisas.

A tarde anterior estava distante, mas me voltava inteira com uma nitidez matinal.
Depois que deixamos as margens do Tejo, comemos algo rápido e fomos a um lugar que Txel queria me apresentar. Era uma livraria-instalação, feita por um artista de Hong Kong chamado Cheung. Ela não quis me dar mais informações para que eu fosse surpreendido. Chegamos ao porão de um prédio perto do Campo de Santa Clara, na Feira da Ladra. Passamos pelas bancas, indiferentes às bugigangas vendidas lá, e seguimos direto para o edifício. O lugar tem janelas fechadas, e se desce a ele por uma escada de granito até se ver, escrito no chão, num capacho: Edição Móvel, Livraria-Instalação.
Txel me explica que o artista quer inverter a lógica da vitrine, não alardeia o produto. É uma livraria especializada num único poeta. E só os íntimos de sua obra a procuram. Foi aberta há poucos meses e determinou a vinda de Txel, para finalizar sua tese de doutorado, que desenvolvia em paralelo ao guia. Visitava a livraria sozinha todas as tardes, por isso me descartava nesses passeios.
— Por que tantas vezes no mesmo lugar? — perguntei.
— Logo entenderás.
Na entrada havia um caixa, e ali pagamos cinco euros pelo ingresso. Depois de receber uma pulseira de papel com um número — eu era o visitante 1666 —, ingressamos por um painel preto, com cortina de veludo, como se estivéssemos entrando em velhos cinemas. A primeira coisa que me surpreendeu: o salão é totalmente iluminado, com muitas lâmpadas no teto, jogando luz nas paredes que funcionam como quadros-negros.

Cheung está diante de uma dessas paredes, transcrevendo textos de um tablet que carrega na mão esquerda. Várias delas trazem inscrições que os visitantes, umas vinte pessoas, leem como se fossem informações de uma tela que não existe.

— Ele está representando o Livro Móvel — Txel me explica, completamente fascinada pela magia daquele momento.

Ainda não entendo que livro é esse. Vejo Cheung escrever em transe na parede negra, numa grafia com traços orientais.

— É um mestre da caligrafia. Escrever nessa rapidez com giz é difícil. O giz tem de ser muito macio. A parede deve ser preparada de forma a não conter falhas.

Observo a habilidade do artista enquanto corre os olhos entre o tablet e o quadro. O branco do giz vai surgindo em linhas espontâneas. As palavras aparecem como numa tela negra de computador. Ele não enxerga ninguém. Está sozinho em seu mundo, num autismo programado. As pessoas tiram foto das paredes já preenchidas. Txel saca o celular da bolsa e também se põe a registrar. Alguns fazem selfies entre os mosaicos.

— As paredes internas são dispostas de maneira diferente todos os dias, para que nunca habitemos a mesma obra.

Estamos percorrendo o interior de um livro, refeito diariamente, nunca igual — ela me explica. Por meio de um simulador de roleta no tablet, os parágrafos do *Livro do desassossego*, de Fernando Pessoa — ele, sempre ele! —, são sorteados pelo artista, que os transfere às lousas. E tudo, no dia seguinte, acaba apagado. Então, para ler o livro temos de visitar a livraria várias vezes, e jamais o livro será o mesmo. Ele poderá passar anos transcrevendo. Dia após dia. O livro nasce e fenece nessas paredes. Não tem começo nem fim. Quando acabarem as frases do tablet, ele reiniciará.

— Você entende que essa é a única forma de entrar no *Livro do desassossego*. Ele estará em construção permanente.

— A escrita como acaso.

— Sim, a aplicação da teoria de *Um lance de dados*, de Mallarmé, na escrita-leitura do livro de Pessoa. E também um tributo ao *I Ching*.

— Numa época em que tantas livrarias são fechadas, ele cultiva um livro-livraria — concluí.

Tinha passado cinco anos de minha vida numa livraria com milhares de títulos idiotas, que se repetiam em sua obviedade de best-seller. O que estava matando as livrarias era o excesso de títulos. Aqui havia a solução extrema no sentido inverso. Uma livraria de um só livro. Que nunca ficaria completo. Que estaria numa escrita constante, convidando o leitor a acompanhá-la.

— Cheung não fala português. Para ele, esse idioma é apenas grafia. Copia as palavras como se fossem rabiscos infantis. Fez dezenas de manuscritos do livro em cadernos, preparando-se.

A escrita apenas como plasticidade, ela sussurrou, como se me contasse um segredo. Circulamos pelas paredes, lendo trechos, sempre em pé. Ali não há bancos para se contemplar a escrita, como nos museus. Quando estamos eretos, nosso cérebro é mais bem oxigenado e permite uma leitura mais aberta — outra senha que recebo. Além de reproduzir a sensação de que caminhamos entre as palavras. Por isso elas têm dimensões maiores, próprias dos cartazes.

As explicações vinham em voz baixa. Chueng representava Fernando Pessoa na hora desvairada da escrita.

Mais para o final, depois de um tempo silencioso de leitura, encontrei esta passagem que me feriu. *Onde está Deus, mesmo que não exista? Quero rezar e chorar, arrepender-me de crimes que não cometi, gozar ser perdoado com uma carícia não propriamente materna.* Eu queria a carícia que não fosse materna e também o perdão pelos crimes que não cometi mesmo tendo cometido. Estava diante de uma verdade biográfica.

Fiz uma leitura curativa. Se não voltasse mais àquele lugar, essa antologia provisória ficaria valendo. Se voltasse vezes seguidas, teria uma compreensão única dele, em sua sequência sempre outra.

Deixamos a sala assim que Cheung terminou de registrar na parede mais uma sequência. A saída do livro-salão levava, por um corredor escuro, à loja que continha apenas livros de Pessoa, nas principais línguas do mundo. E muitos souvenirs. Ímãs de geladeira com seus principais heterônimos. Réplicas dos óculos. Do chapéu. E do guarda-chuva. Era a loja da fantasia pessoana. Saca-rolhas com sua frase: *Em flagrante de litro*. E marcadores de página numa caixa imensa de vidro com fragmentos do *Livro do desassossego*. Nunca repetidos. O processo de compra reproduz a Edição Móvel. Enfiamos a mão na caixa e retiramos o primeiro marcador que alcançamos.

Depois de ficar um tempo olhando as prateleiras da loja, saímos para a rua.

— Agora vou ter de seguir sozinha.

E Txel partiu em meio às tendas da Feira da Ladra. Fiquei sem saber o que fazer com meu desejo. A amada foge. O amado tem carências. Quando nos encontraríamos? Devia esperar. Era um jogo o amor. Para onde iria Txel? Quando acabaríamos unidos? Para mim só havia o agora.

Fui até uma tasca, pedi um vinho, entrei em sites de acompanhantes pelo celular, escolhi uma portuguesa com feições colonas e a contratei com uma ligação. Morava perto, mas antes eu queria que viesse à tasca e fosse minha namorada por algum tempo, para que víssemos Lisboa juntos. Lisboa precisa ser vista a dois.

Não se mexe num altar

Quando entrou na sala do antigo apartamento de Saramago, António olhou para os lados, atento à mesa de trabalho, depois foi até a estante e estudou a disposição dos livros. Eu estava entregue à poltrona, ainda tentando me achar no vazio alargado pela ausência de Txel. Em nenhum momento conversamos sobre o tempo em que cada um atuaria como o casal de escritores em início de carreira. Dispúnhamos de anos para aquele estar sem calendários. E se falássemos dos próximos lugares que nos esperavam, tudo se esfacelaria. Era preciso permanecer na ignorância do tempo, que não tinha começo nem fim. Estávamos sobre suas águas espessas e não afundávamos. Uma sensação maravilhosa de não haver horário, dias, noites, semanas ou meses. Usufruímos da pequena eternidade, imunes a qualquer mudança. Quando ela chegou, eu não sabia o que fazer. Olhava os telhados do outro lado da rua e esperava a noite. O tempo tratava com raiva aqueles que ousavam ludibriá-lo.

Animal afeito àquele espaço, António farejava a falta. E não era a falta da hóspede que partira naquela manhã.

— Alguém mexeu na ordem dos livros. Foi a menina?
Diante de meu silêncio, ele prosseguiu.
— Mantenho a mesma ordem deixada por Isabel. Não se mexe num altar.

Tínhamos trocado a posição dos livros na noite anterior, que acabaria sendo de despedida. Bebemos vinho e começamos um jogo que terminou, pela primeira vez, na cama. Na cama de Isabel e Saramago. O que nasceria daquele encontro? Um namoro, eu pensava. Mas seria a separação na manhã seguinte.

Não consigo diferenciar a amizade com uma mulher do desejo por ela. Se me faço amigo, desenvolvo uma carência erótica. Quanto mais amizade, maior atração. E naqueles dias eternos vivi apenas para Txel, ouvindo cada comentário seu, observando gestos, admirando sua desenvoltura. Deixei de falar de meus planos e ouvi suas histórias.

Habitamos o mesmo apartamento, ela roçou algumas vezes seus seios pequenos em meu peito quando nos beijamos no rosto, eu sentia o cheiro de seu suor, o hálito quente de quando ela acordava no outro quarto e depois tomávamos café juntos. Em dado momento, mudamos a fase do jogo.

— Não pude deixar de notar que o sr. Rodrigo também não toma muitos banhos — ela falou, rindo.

O dia estava quente, havíamos bebido duas garrafas de Alvarinho.

— É que a casa de banho só tem água fria — menti.
— Mas lá em vossa terra não tomam banho no rio?
Aceitei a provocação.
— Sim, e andamos pelados.
— Então vos acostumastes rápido à civilização.
— Mas posso voltar aos velhos hábitos.
E logo estava me despindo no meio da sala.
— Aqui não, no quarto — ela falou.

E não precisamos definir em qual deles seria. Entramos e trancamos a porta. Ainda tive o pudor de dizer que talvez fosse melhor eu tomar um banho. Ela disse que não. Queria todos os meus cheiros. E perguntou se eu aceitava os dela. Tanto os de cima quanto os de baixo, eu falei, em tom de oração. Ela ficou nua e misturamos nossas secreções, nossos suores, a gordura de nossa pele, os odores de nossos pés que haviam percorrido as ruas de Lisboa. E apenas ali, sem a proteção sequer de um lençol, conseguimos conversar como amigos. Ela me perguntou o que era uma cicatriz em meu pé. Narrei o acidente doméstico que me deixou a marca do tamanho de uma boca forçosamente fechada, com o sinal dos pontos. E ela tocou com carinho o corte. Era o maior ato amoroso que eu havia recebido. Quando criança, eu só conseguia dormir enrolando as mechas do cabelo de minha mãe. E me pus a enrolar seus pelos pubianos.

— Você conhece o quadro de Gustave Courbet, A *origem do mundo*?

Como eu não conhecia, ela me apresentou à tela, um nu feminino visto a partir da vagina. O centro do quadro era o sexo cabeludo, de um pelo escuro. Um óleo sobre tela pintado em 1886, em pleno Naturalismo, ela disse. Feito para um diplomata turco otomano, que queria algo sexualmente chocante, talvez até se masturbasse olhando a tela. Eu mesma já senti vontade de me acariciar ao ver a reprodução, ela continuou. O quadro passou pelas aventuras comuns em tempos de guerra e acabou com o psicanalista Lacan. Hoje está no Museu D'Orsay, despertando o bocejo dos visitantes.

— Sabeis por que tem esse título?

E, antes que eu respondesse, já me explicava. Tinha minha idade, mas era muito mais inteligente do que eu. Numa época de retorno ao misticismo, afirmar que o mundo começava com o sexo, no corpo da mulher, ganhava foros de heresia. A tela se tornou uma profissão de fé naturalista. O escândalo não estava tanto no sexo maternalmente aberto quanto no título, disse. Somos apenas corpos que se unem e se reproduzem.

Em 2014, ela seguiu, a artista Deborah de Robertis resolveu fazer uma instalação clandestina. Foi até o museu, sentou-se no chão, ergueu o vestido e abriu seus lábios vaginais, mostrando a carne rosada em meio a pelos compridos. E Txel fez o mesmo para mim, dando início a tudo de novo.

Depois de um longo período de entrega, veio a necessidade de nos vestirmos. Cansa a sinceridade excessiva das carnes. Ela enrolou na cintura o lençol, que tive de tirar da cama, e assumiu a figura de deusa grega. Ficou em pé olhando pela janela, com sua silhueta longilínea recortada pela luz fraca da cidade. Eu contemplava suas costas nuas, em que as costelas criavam uma textura estriada.

Ela se virou lentamente para mim, os seios com mamilos arrepiados, ergueu o lençol sobre eles, passando pelas axilas não depiladas, pronta para a noite de gala que nos daríamos. Sobre o guarda-roupa pequeno e antigo, dormia um par de sapatos de festa, encardidos, que pertencera a Isabel, tal como me informara António. Em segundos, eu estava agachado diante de minha vênus, a calçar seus pés de dedos magros. Os sapatos ficaram grandes para ela, o que lhe dava um charme juvenil.

— Agora é vossa vez de se arrumar para a solenidade — ela me disse.

Ainda nu, procurei na sala o smoking. Vesti a calça, uma camisa branca com babados, amarrei a faixa azul e depois a casaca, que, como o resto, ficou larga. O proprietário fora um homem alto, magro. Eu, mais magro ainda, e baixo. A roupa tinha cheiro de poeira e mofo. E pensei que talvez guardasse o suor do antigo dono. Num misto de excitação e recusa, arrepiei-me com o contato áspero do tecido da camisa. Teria sido lavada ou ficara aqueles anos todos como um quarto fechado? E passei a crer que o outro também habitava a roupa. Éramos dois dentro do smoking, mesmo que um deles fosse ficção.

E em silêncio nos abraçamos e nos beijamos, ficando um longo tempo assim, com aquelas fantasias entre nossos corpos. Distanciando meu rosto, falei:

— Nunca vou te largar, minha Isabel.

Mas eu sabia que essa era uma promessa difícil, que os homens quase não a cumpriam, embora a fizessem frequentemente, e de forma repetida para mais de uma mulher. Estava esperando que ela dissesse o mesmo para mim, e como não vertia nenhuma palavra em retribuição a esse compromisso, beijei mais uma vez Txel, e depois outra.

Em segundos, estávamos de novo no quarto, para onde caminhamos unidos, com passos errados, quase caindo, e agora não havia tempo para mais nada, o lençol se desprendera de minha vênus, que já se punha de novo na posição de *A origem do mundo*. Rasguei a camisa, tirando junto a casaca, para em seguida romper as calças — os tecidos estavam apodrecidos pela espera.

— Quero você, Txel.

Ao devolvê-la à sua identidade, desfez-se a encenação e éramos o nome que tínhamos, o corpo sem vestimenta e a boca úmida.

Acordei tarde na manhã seguinte, o sol lambendo minhas pernas. Não havia roupas no chão nem ninguém na cama. Fui ao outro quarto e não encontrei nem sinal de Txel. A cama fora arrumada, como se uma camareira tivesse preparado o quarto para o próximo hóspede.

Olhando para os telhados que testemunharam minha alegria, não tive forças para levantar da poltrona nas horas seguintes. António entrou duas vezes no apartamento. Na primeira, quis saber por que não havíamos aberto a porta para ele na noite anterior, mas não tínhamos ouvido nada. Precisava pegar um documento e, por mais que insistisse, ninguém o atendera. Não queria atrapalhar a privacidade dos hóspedes, evitava visitas noturnas, aquele endereço devia criar encontros, mas o acesso ao administrador não podia ser negado. Ele mexeu em algumas coisas nos cômodos e depois saiu.

Na segunda vez, chegou farejando. Falou da biblioteca José e Isabel.

Txel e eu fomos abrindo livro por livro para buscar alguma lembrança do casal. Uma anotação. Um bilhete. E deixávamos tudo na mesa. Depois eles voltavam de qualquer jeito à estante. Não encontramos nada. Nem anotações de leitura havia. Edições de Isabel e Saramago permaneciam nas prateleiras de forma muito óbvia para não ser um arranjo. A certa altura, fui retirando vários volumes ao mesmo tempo, depois, sentados no chão, folheávamos cada um, com raiva e pressa. Cada vez com mais pressa e com mais raiva.

— Os livros mentem — ela disse.

A frase era vaga demais para eu intuir o que ela pretendia dizer. Os livros de literatura, sim, mentem. Os de história também. Mas a mentira ali estava na origem da coleção. Aqueles livros não testemunharam o nascimento do grande escritor. Não olharam para o casal andando pela casa. Sequer traziam a data da primeira edição.

António parou o que estava fazendo ao notar a ausência do smoking na parede. O cabide de plástico dava de ombros para o criador da casa-instalação de Saramago.

— Raios partam aquela maldita espanhola!

Na hora de ser negada, não havia a identidade catalã. Txel era a espanhola. Quis saber se eu vira o smoking. Olhou na cozinha. Mexeu em armários. Resmungou que relataria no aplicativo o roubo que sofrera. A desordem feita na estante. E saiu para a rua, enquanto eu continuava sem compreender a razão de não ter sido aceito como companhia de Txel em sua viagem a Portugal, país que eu só podia conhecer ao lado dela. E isso agora era impossível. Como não me passara o roteiro de suas próximas estadias, não poderia encontrá-la. Portugal subitamente se despovoara para mim.

Saí rumo à avenida da Liberdade para refazer nossos passeios. Fui e voltei no mais completo isolamento. Ao retornar para a rua da Esperança, encontrei António calmo. Na parede, o smoking com o qual Saramago iria receber o Nobel. António me explicou que a camareira havia levado consigo o conjunto, sem comunicar nada a ele. Não para lavar, apenas para arejar um pouco. E que ela o trouxera de volta. Retirava tudo que falara contra a hóspede. Ninguém havia roubado nada. O pânico de perder uma peça tão valiosa do espólio amoroso de Isabel o levara a pronunciar aquelas palavras imprudentes. Pedia desculpas.

Olhei no cabide o smoking velho, o tecido esgarçado em algumas pontas. E a faixa roxa. Não tive como controlar minha emoção diante daquela roupa.

Senhora das últimas coisas

Minha mala seguia obscenamente aberta sobre a poltrona. Nela, tudo que eu conseguira acumular. Algumas roupas. Sapatos. Objetos de higiene, como a escova de dentes com as cerdas tortas que dava ao conjunto um aspecto de desleixo. E os cadernos nos quais vou anotando coisas avulsas. Olhei então as louças que eu havia ganhado de presente na viagem. Não as tirara da mala por pura falta de ter o que fazer com elas.

Era noite já avançada e eu fora expulso do convívio literário. Poderia bater na porta que me separava da cama compartilhada com o escritor e sua esposa nas últimas noites e tentar me reaproximar deles. Algo, no entanto, me impedia. Reli a folha ao lado da mala. António deixara um recado seco: FIM DA RESERVA. Eram essas palavras gritadas em caixa-alta tudo que ele tinha a me dizer. Esgotadas as narrativas encantadoras, ele começaria uma nova pregação a turistas que eu desconhecia. A coisa de sempre. A premonição do Nobel. Na verdade, a certeza do Nobel. Todo escritor rabisca cada linha pensando nisso. Com Saramago não fora diferente, só que ele levou o prêmio. Que era extensivo a tantos autores que o mereceram e não o levaram, pois muitas foram as recusas a outros grandes escritores da língua. Um Nobel contemplava um grupo muito vasto.

Como tinha a chave de entrada do apartamento, eu podia dormir ali, na sala, e na manhã seguinte procurar outra hospedagem. Nesse universo, não há espaço para os que permanecem, para os que não têm pressa de partir. Querem que você desocupe o quarto. Termine a refeição no restaurante e saia. Goze com a prostituta e pague.

Só vou partir pela manhã. Dormirei meio sentado na poltrona, esperando o dia nascer sobre os telhados de Lisboa. Acabou uma fase de minha estada em Portugal. Deixarei algum valor a António pela noite extra, mas pretendo sair muito cedo, antes que os novos hóspedes acordem entusiasmados para descobrir um país. Não quero ver quem ocupa nosso lugar em quartos que, alugados, nos dão a sensação de serem nossos. Apenas eu me aproximei do casal de escritores. Somos companheiros de trajetória.

Levantei muito cedo e parti com minha mala. Se António estivesse ali, naquele momento, eu quitaria minha dívida. Então deixei as louças na estante dos livros, como forma de retribuir a hospitalidade. E também para diminuir o peso da bagagem.

Desci a rua da Esperança sem vontade de buscar condução. Caminhar me ajudava a ajustar as ideias. Cada passo, um esforço muscular de compreensão de nós mesmos. Como ainda estava meio vazia, a cidade adquiria um ar amigável, íntimo. Eu seguia sonhando. Deixava o apartamento em que escrevera meus livros mais importantes, que haviam me dado, nessa idade incomum para a estreia, uma notoriedade internacional. Procuraria uma mulher mais jovem que me ampliasse os horizontes, pois há coisas que só entendemos fora de nossa geração.

Segui para o Café-Restaurante Martinho da Arcada, na praça do Comércio, sabendo o que ia encontrar. Eu ainda não conhecia o legendário café onde Fernando Pessoa se embebedava. Txel, que estava me esperando em algum lugar, não me permitira algo tão óbvio. Não seja vítima dos roteiros Lisboa-em-dois-dias. A verdadeira cidade de Fernando Pessoa está onde sua obra é lida. Agora que eu não tinha mais minha cicerone, podia me perder nos endereços para apressados.

Antes de chegar ao Martinho, onde com certeza encontraria fotos de Pessoa, comprei jornais. Todos os dias fazia isso, rezava por uma folha local para me acostumar ao que eu tinha me transformado. Do nada, ganhara esse hábito antigo. Era já rotina a leitura apaixonada de textos sobre temas nacionais. E ia agora a um café para o pequeno almoço, a mão direita arrastando a mala de rodinha pelas ruas irregulares e íngremes da cidade e um jornal na outra. Seguia sem a menor pressa porque as horas eram minhas de uma maneira desoladora.

Fiquei do lado de fora do café, nas mesas da Arcada, para não ver as fotos do poeta. Pedi minha comida e logo, ao meu lado, identifiquei um casal de brasileiros que falava dos melhores lugares de sua viagem, os melhores pratos. Do que não tinham gostado. Por que se esforçavam tanto para nos envergonhar? Não bastava o tom de voz, tinham de comentar o que haviam comido e bebido.

— Por que viemos a este bar?

O marido fez a pergunta com uma franqueza que me deixou ainda mais irritado.

— Era o predileto daquele poeta. Eça de Queiroz, se não me engano.

E continuaram destacando as maravilhas e as misérias da viagem, os valores pagos por isso e por aquilo, em comparações com outras aventuras estrangeiras, da vez que ficaram não sei quantas semanas na Grécia. Não consegui prestar atenção no jornal porque a conversa dos idiotas nos tira qualquer concentração. É como um barulho insuportável, que atordoa todos ao redor. Eu só ouvia os dois, que falavam tão alto quanto o ranger dos bondes virando nos trilhos da rua da Prata.

Foi quando recebi uma mensagem de Txel. A primeira desde que se ausentara misteriosamente para que estivesse em toda a parte. *Procure a que foi deixada a envelhecer sozinha.* Nesse momento, o casal ao lado se levantou, a conta já paga, e seguiu para o próximo ponto turístico. Todas as vezes que o amor se manifesta, o mundo hostil se encolhe. E ele se manifestou como charada. *Procure a que foi deixada a envelhecer sozinha.* O verbo *envelhecer* é forte, ainda mais junto ao adjetivo *sozinha*. Apenas os sem amor são de fato sozinhos. Os que perderam a pessoa e o lugar amados. Nos asilos e espaços similares se encontram os grandes solitários. Porque, enquanto ainda temos nossa rotina, não estamos inteiramente sós nem completamente velhos. Eu tinha de meu uma mala e uma mochila pequena. Vivia sem companhia, mas dispunha de alguém para procurar. Era jovem o suficiente para acreditar no amor, que logo depois seria uma desilusão que me envelheceria de vez. Corremos atrás de nossos desejos para chegar mais rápido à velhice.

Sem uma resposta ao desafio de Txel, senti vontade de urinar ao lado de Fernando Pessoa. Foi a oportunidade de ver suas fotos na parede-santuário do Martinho. Ele havia sido um velho solitário. E Ofélia o seguira em sua velhice intocada. Poderia ser ali, nesse bar tão óbvio, que Txel estaria a me aguardar? Na volta, estudei todas as mesas e não a encontrei em nenhuma.

Minha mala estava na cadeira ao lado quando pedi a conta e deixei para trás o jornal pouco lido. Queria percorrer Lisboa. Nossos pés nos levam aonde devemos ir quando não sabemos para onde ir. Já não olhava os prédios, apenas os rostos das mulheres jovens. E se Txel tivesse envelhecido muitos anos nesses dois dias? O tempo não é um elemento confiável. A jovem que amamos ontem será hoje uma matrona. Passei a estudar as senhoras de cabeleiras brancas também. Nenhuma me devolvia à minha amada.

Como um vendedor ambulante, arrastei minha mala pelo centro até a hora do almoço, como um mascate que procura um ponto para regatear seus produtos. Nas viagens sem destino que empreendi, várias pessoas me ofereceram quartos, apenas para receber a recusa com um sorriso, como quem diz *Vocês não sabem do que preciso*. Eu não sabia. A frase-enigma continuava reverberando em mim. Na rua, ouvi uma pessoa dizendo ao colega que iria de comboio a Cascais. E tudo então se encaixou. Como estava perto da estação do Rossio, segui para lá. Passaria uns dias em Cascais. Entrei na estação sem me maravilhar com sua arquitetura. Era como se estivesse tomando o ônibus num terminal de Curitiba. O ponto de partida não me interessava. Sua aparência art nouveau pouco me dizia, tudo não passava de ferragens de um grande salão. Eu queria apenas chegar ao local onde a esquecida do amor e do sucesso se encontrava, em sua velhice final, sem o companheiro e sem a carreira de escritora a que praticamente renunciara quando conheceu o jovem jornalista, um dos rapazes de Isabel, depois o detentor do Nobel, mas já aí ele estava perdido para ela. Txel me convocava para essa história, vivida no apartamento em que nos experimentamos nos ex-moradores. Ela me dizia com esta provocação: me ame aos noventa e quatro anos — idade de Isabel agora, recolhida em Cascais.

A paisagem não me interessou no percurso. O trem corria direto para a mulher desejada, que se confundia com a personagem que havíamos encarnado nos dias de alegria juvenil. O trem só carregava uma pessoa, embora estivesse cheio. Apesar dessa solidão, eu tinha comigo duas mulheres que eram apenas uma, em épocas e corpos diferentes. Txel exigia que eu me encantasse com sua última versão, às vésperas da morte.

Tanto por seu primeiro companheiro depois da separação, o crítico João Gaspar Simões, quanto por Saramago, o rapaz por quem abandonou Simões, ela era definida como uma bruxinha, por seus olhos mágicos, que cativavam e imobilizavam os homens. Fui lendo mais coisas no celular, e me preparando para o encontro. Estava bem-vestida nas fotos recentes. A voz era firme e sensual. Eu tinha apenas uma referência dela em Cascais, na década de 1960, quando ainda morava com o crítico, os amigos reunidos no apartamento da rua José Florindo. Vi uma foto dela jovem, com o olhar enigmático dos gatos, em pose manhosamente sensual. Fascinado por ela, eu seria mais um de seus rapazes.

Na chegada a Cascais, já não distinguia o rosto de uma e de outra. Eles se misturavam de maneira perigosa. Eu queria a mulher que voltava à sua terra para morrer no cenário de sua juventude. Na chegada, procurei, em um aplicativo de aluguel, um quarto de família. Localizei o endereço no centro da cidade e fui recebido por um casal idoso, a quem me apresentei como biógrafo. Estava pesquisando a vida de Isabel da Nóbrega, ou melhor, de Maria Isabel Guerra Bastos Gonçalves. Sim, o senhorio me falou, sei quem foi, irmã da atriz Tareka, famosa no meu tempo. Desconheço se ainda está viva, ele disse, e já começou a falar de meu quarto, onde ficavam as roupas de cama, essas coisas.

Resolvi me deitar e dormir um pouco naquele fim de tarde. Eu queria agora descansar na cidade em que ela talvez estivesse. Amar assim me inseria numa história de detetive, para a qual eu não tinha nenhuma habilidade. Melhor dormir, pois nos sonhos são as pessoas que nos buscam.

Como não sonhei com ninguém, resolvi construir uma estratégia de busca. Sairia pelas ruas do centro de Cascais procurando Isabel em todas as mulheres que correspondessem à descrição que eu tinha dela. Uma senhora baixinha, levemente encurvada, lábios ampliados pelo batom vermelho, com roupas formais e talvez saltos altos. O começo da procura seria a rua José Florindo, nos horários em que as senhoras saem de casa. No final da tarde, quando buscam um café para o lanche, ou no começo da manhã, para o banho de sol. Claro que essas teorias não serviam para muita coisa. Mas eu estava feliz por ter um objetivo. A maioria dos turistas se restringe a visitar lugares, experimentar comidas em restaurantes da moda e tirar fotos, muitas fotos. Eu tinha uma tarefa. Localizar a mulher que poderia falar tudo sobre os anos iniciais do vencedor do Nobel. Eu acreditava que Isabel recebera o vírus pessoano de João Gaspar Simões e o transmitira a Saramago, que o espalhara mundo afora. Nesse sentido, a obra de Saramago dependia de Isabel ter vivido com Simões, o que fazia dela a ponte entre dois grandes cultores de Pessoa. A separação teria sido o estopim da redescoberta, agora pela ficção, do grande poeta. Se Isabel nunca tivesse trocado Simões por Saramago, teríamos menos ímãs de geladeira do poeta sendo vendidos nas lojas de souvenirs de todo o país.

Na primeira tarde, saí animado pelas ruas de Cascais. Um país com tantos aposentados era um campo vasto para pesquisas. Fiquei atento a todas as senhoras que aparentassem noventa anos ou um pouco menos. Depois de certa fronteira, é difícil definir as mudanças. A pessoa pode ter setenta ou noventa anos. Estudei o rosto de todas essas senhoras. Muitas eram ainda belas. Eu estava ali para salvar a beleza desses rostos e corpos que vinham de outras idades. Fui por algumas horas o homem que mais os olhou de maneira interessada. No começo da noite, parei numa tasca para comer alguma coisa. Não havia encontrado quem procurava, mas tinha uma coleção de feições destruídas pelo tempo. Diante de várias delas, imaginei como deviam ter sido aos trinta anos. E seus trinta anos eram um acontecimento muito distante. Ao olhá-las, eu as devolvia a corpos que talvez nunca tivessem tido. Era um jogo reconfortante e desesperador. Estamos a um passo dessa idade, tenhamos dez, vinte ou trinta anos. Logo ali é a velhice. Muito prazer, Senhora das Últimas Coisas.

Pedi uma garrafa de vinho e umas pataniscas. Quando entrava alguma idosa na tasca, eu ainda a buscava sob a maquiagem. O garçom se aproximou. Deve identificar o solitário e lhe dar algum pretexto de conversa. Quis saber o que achara do vinho. Falei que me devolvia ao tempo das uvas. Ele achou que eu estivesse reclamando. Vou arrumar outro menos frutado para o senhor. E voltou com a segunda garrafa, um Cartuxa, e conversou mais um pouco comigo. No final do jantar, deixei-lhe uma boa gorjeta. Tinha sido minha companhia. Voltei sem dificuldades ao apartamento, caindo na cama depois de me despir, acompanhado pela sequência de rostos das mulheres anônimas que velariam meu sono.

Acordei no meio da noite com gemidos felinos de prazer. Não sei se meu inconsciente já tinha sido acionado enquanto dormia, o fato é que eu estava excitado. Os ruídos do casal poderiam trepidar as janelas se elas estivessem frouxas. A mulher se ligava a uma força que a fazia feroz. O macho também gemia, como se estivesse sendo esfolado por ela. Os sons enchiam o quarto. Tudo aquilo me deixava tão ansioso que tive de me saciar sintonizado com aquele casal que me devolvia ao amor. Terminamos juntos, tamanha minha vontade de estar com um corpo que pulsava em todas as paredes da casa. Vinha de onde? Do andar de cima ou do de baixo? Ou do apartamento ao lado? A sensação que eu tinha era de que o casal estava no tapete em frente à minha cama. E que bastaria eu acender as luzes para flagrar os dois. Eles dormiam comigo, eu tinha certeza. Se não como corpos, como vibrações. Depois de uns barulhos de cama rangendo, houve um pequeno silêncio. Eu tinha me limpado com as meias usadas durante o dia. E estava cochilando quando ouvi alguém indo ao único banheiro do apartamento. A tampa do vaso foi abaixada com descuido, produzindo um estampido, como se uma mão cansada não tivesse conseguido segurar seu peso. Depois o jato de urina típico de mulher, abafado e curto. O jorro da água lavando o vaso e os passos no corredor.

Demorei para dormir, na tentativa de entender o que havia vivido. Os donos do apartamento eram pessoas idosas, sem o menor brilho nos olhos ou sensualidade nos movimentos. Andavam curvados, suspiravam de cansaço ao menor esforço. E tudo aquilo só podia ter acontecido no quarto ao lado. Eu havia me entusiasmado com o sexo feroz deles? Embalado pelas ondas eróticas que chegaram até minha cama, vivera um ménage à trois à distância. Mas agora eu tinha de aceitar o inusitado, fizera sexo com uma senhora de mais de setenta anos. Era o fim de um dia em que eu perseguira com paixão as damas antigas da cidade e elas haviam me dado aquele momento de prazer. Na verdade, eu tinha me encontrado com todas as moças de outrora que identificara atrás das maquiagens, das rugas e dos vestidos de mangas longas.

Acordei com a movimentação na cozinha. Fiquei um tempo esperando que eles saíssem. Ainda estava com medo do casal com quem eu tinha experimentado algo estranho. Poderia ser que os encontrasse quarenta anos antes, quando jovens. O tempo muitas vezes retroage. Eu me vesti, escondi as meias sujas sob o colchão — poderia precisar de novo delas — e fiquei sentado na cama. A necessidade de fazer minha higiene era menor do que a falta de coragem de encarar os dois, talvez vagando nus pelo apartamento. Ela teria os seios deliciosamente caídos, a barriga flácida, as pernas secas, o sexo com pelos brancos, e eu sentiria prazer nessa visão e tentaria me deitar com ela, enquanto o marido nos vigiaria com carinho. Ela era muito maior do que nós. Isso ficou evidente durante a noite. Ela crescia na hora do sexo. Ele e eu nos anulávamos.

Não conseguia sair do quarto.

Primeiro chegou o cheiro de café, depois o barulho de passos arrastados até minha porta, e então os toques. "Não quer nos acompanhar no pequeno almoço?" Era uma voz feminina, cansada. Seria indelicadeza não aceitar o convite. E a noite maldormida me deixara com fome. Passaria antes na casa de banho, avisei, na esperança de que ela voltasse à cozinha. Não seriam tão depravados a ponto de estarem nus. Quando ela se afastou, saí direto para o banheiro. Lavei o rosto, escovei os dentes, molhei minha barba e a alisei, tudo para mostrar alguma energia matinal.

Na entrada da cozinha, meu senhorio me encontrou no corredor. Estava com as roupas discretas de sempre. Uma jaqueta excessiva para a manhã de sol. Ela está esperando por você, ele me disse, já tomei meu café, tenho de sair.

Foi com curiosidade e receio que entrei naquele cômodo em que ela me esperava com um vestido desbotado e sapatos meio masculinos. Sem me dizer bom-dia, talvez pela proximidade durante a noite, me sorriu com as gengivas retraídas, ao me servir uma xícara de café e um croissant com queijo. Espero que goste, ela falou. Eu me sentei e ela ficou ali fazendo os serviços, de vez em quando eu tentava identificar seu corpo sob a roupa discreta. Comi lentamente o que me foi servido, com uma memória do que acontecera à noite. A fêmea feroz não havia murchado nela. Algo ainda me atraía. Ela então se aproximou, vergando-se ao lado de meu ombro, atrás de mim, e perguntou se podia tirar a loiça. Essa frase banal me deixou arrepiado, mas creio que ela não percebeu. Quando foi à pia, levantei-me, dei-lhe as costas e agradeci o café. Ainda bem que você gostou, ela me disse com alguma malícia que talvez só tenha existido em minha mente que deturpa tudo.

Eu me tranquei no quarto para protegê-la de mim e fiquei pensando em Txel. Uma mulher pode estar em todas as mulheres? Eu vivia um delírio em que Txel se manifestava em cada uma das fêmeas que se aproximava de mim, ou melhor, de quem eu me aproximava, já que ninguém vinha até mim? O que estava acontecendo? Cogitei que aquela noite de amor pudesse ter ocorrido não ontem, mas décadas atrás. Os móveis do apartamento indicavam uma longa ocupação do imóvel. Eles viviam ali desde o casamento, não tiveram filhos, e no começo tudo era a festa dos corpos. Eu me misturara às memórias das coisas e acabei numa noite em que o sexo entre os dois chegara ao ponto máximo. Era o momento maior deles que eu presenciara sem querer, por meio de cada objeto, da parede e das portas que eternizaram aquele instante. Eu enxergava na velha senhora a moça do começo do casamento. E a desejava hoje.

A Mulher Escarlate

Nos dias seguintes, todo o desejo por ela envelheceu a ponto de nunca ter existido. Continuei à espera da amada. Por mais que mandasse mensagens a Txel, ela não respondia, e esse tormento íntimo me fazia esquecer a busca de Isabel. Aluguei uma bicicleta para gastar as manhãs vagando pela praia, parando em restaurantes para beber uma garrafa de vinho verde Muralhas e comer alguma coisa, dormindo depois do almoço. O tempo perde a espessura no litoral. Eu me senti em férias, disponível para a amada ainda incógnita. Podemos transformar qualquer coisa numa causa. Eu queria encontrar não Isabel, mas Txel, e agora estudava as mulheres da idade dela. Poderia ir até a Loja do Cidadão e tentar levantar o endereço da ex de Saramago. Ou procurar informações sobre ela nas livrarias e nos alfarrabistas da cidade, onde ainda poderia haver algum dado sobre a escritora. Havia formas racionais de localizar uma pessoa com documentos e residência fixa, só não fazia parte de minha estratégia. Acredito no encontro, não em buscas. O encontro é algo que acontece no campo do acaso; a busca é uma matemática que não me seduz. Se eu chegasse até a casa em que estava Isabel, com seus familiares, o que falaria para ela? "Vim aqui para amar-vos no final dos vossos dias?" "Vim escrever vossa biografia?" Talvez ela já não estivesse lúcida. Seu país agora poderia ser uma poltrona na frente da tevê ou uma cama. Vivia na memória paralisada dos anos felizes com o grande escritor. Eu sonhava esbarrar nela, sem querer, nas calçadas ou no comércio da cidade, e falaríamos sobre coisas bobas. O que ela achava do suicídio do mago inglês Aleister Crowley, que viera a Portugal em 1930 para se encontrar com Fernando Pessoa. Eu tinha visto a placa que marca o lugar de seu desaparecimento fictício, na Boca do Inferno. Lera a respeito e estava curioso para me encontrar com aquele episódio do passado. Veio-me o desejo de perguntar a Isabel como ela localizava Cascais na obra de Fernando Pessoa. É uma geografia poética dele? Ou falaria sobre os anos de juventude que ela viveu ali. Minha curiosidade biográfica se sobreporia à minha ilusão de experimentar o amor físico. Qual mulher eu veria nela, a de noventa anos ou a de trinta? Crowley reapareceu tempos depois em Berlim, e o mistério de seu suicídio foi parcialmente resolvido. Seu sumiço pode significar que de tempos em tempos nos matamos para ressuscitar com outro corpo, sempre mais velho. Tais pensamentos me embotavam os sentidos nesses dias de disponibilidade total. Ao misturar coisas, pessoas, tempos e lugares, desorganizava minha própria biografia. A dispersão me punha inativo na espera da mulher que me levara com ela, deixando-me um corpo oco.

    Estava num café, a bicicleta do lado de fora, perdido nesse tipo de divagação própria dos que vivem ensimesmados, quando entrou uma senhora apoiada por uma jovem que poderia ser sua neta. Seria Isabel? Emocionado, não quis perguntar seu nome. A dúvida sempre dá o consolo de que talvez seja. E é melhor conviver com isso do que com a certeza de que não é.

Eu precisava fugir de uma descoberta frustrante. Paguei minha conta e renunciei à chance de conversar com a pessoa que conviveu com o futuro Nobel. Ela teria me falado dele? Guardaria mágoa por ter sido preterida às vésperas do estrelato? Sentia-se parte do mérito internacional de sua obra? Os livros escritos depois eram piores ou melhores do que os escritos naquele apartamento humilde? Deixei todas essas perguntas para trás e pedalei com muita força até a Boca do Inferno, onde li mais uma vez a placa da passagem de Crowley por Cascais. Escurecia. Muitos jovens vagavam pela via ao lado do mar. Lá embaixo, as ondas roíam a rocha.

A placa em mármore branco registra o drama de um homem apaixonado pela Mulher Escarlate, comparada a um ser infernal (vermelha como o fogo eterno) e que o leva ao suicídio. O bilhete de despedida foi publicado em vários jornais, entre eles o *Diário de Notícias*. Crowley com isso vira celebridade. Leio em voz alta sua mensagem na placa: "L.G.P. Ano 14 Sol em Balança / Não Posso Viver Sem Ti. / A outra Boca do Infierno apanhar-me-á — não será tão quente como a tua". Fico ali, diante do precipício, sonhando com minha Mulher Escarlate, penso em me atirar nas águas para dar veracidade ao suicídio do mago e com isso provar que as paixões nos arrastam a extremos. Jovens, no entanto, estão pelas rochas, fumam maconha, riem, bebem. E um suicídio místico como o que eu imaginei não deve ter testemunhas, pois o ato é pouco higiênico. Sento-me nas pedras e penso que a morte de Crowley, mesmo depois de desmentida, deve ter sido real para Pessoa, esse mistificador.

Na escuridão, com o barulho das ondas inquietas e a ausência de lua, o lugar se fazia infernal mesmo. As rochas carcomidas não deixavam dúvida sobre as intenções assassinas do mar. A distância entre a crista das rochas e a água também era um convite. Aceitais que me sente a vosso lado?, perguntou uma jovem que ficara sozinha, depois da partida de seu grupo. O que fazeis cá?, ela quis saber. Eu poderia dizer muitas coisas bonitas sobre o mar, em vez disso falei que refletia sobre a morte. Ah, mais um suicida!, ela exclamou em desalento. Desconheço o número de suicídios neste local, até porque os suicídios são mais imaginários do que reais, mas a Boca do Inferno atrai indivíduos atormentados, ela disse.

— Já pensastes na vida anfíbia que se leva neste sítio? Estamos na terra, mas nossos pensamentos estão além, no fundo do mar.

Ela me disse isso oferecendo uma garrafa de vinho apenas começada. Bebemos no bico. Era como se nos beijássemos por intermédio do gargalo de vidro. Ela estava com um cigarro de maconha na outra mão e me passou assim que se sentou ao meu lado. Eu vim para beber, e quando bebo tenho vontade de sumir, ela confessou. Eu tinha de enfrentar agora o risco de uma morte concreta, com drama, cadáver, resgate do corpo, formulários etc. Perguntei seu nome e o que fazia, para assim distrair minha nova companheira. Um corpo não tem nome, ela disse.

— É uma loucura ter nome, já percebestes isso? Imaginai-vos sem um nome. Fica menos dramático.

A conversa seguia um rumo cada vez mais arriscado. Ela poderia se levantar e correr até o penhasco, a poucos metros de nós. Segurei sua mão sem a menor intenção erótica. Queria apenas proteção. A garrafa ficou entre nós, nas pedras. Luzes de alguns barcos podiam ser vistas à distância. O ribombar das ondas ensurdecia o mundo circundante. Éramos dois náufragos num rochedo assolado pelo mar sem misericórdia.

— Sabeis por que uma rapariga jovem se mata?

A resposta-padrão seria: por desilusão amorosa. Eu não seguiria esse caminho. Talvez fosse melhor negar. Eu havia sugerido inicialmente o suicídio e agora era quem tentava evitar esse desfecho. O suicídio em mim não passava de uma ideia. Um conceito. Uma narrativa farsesca, algo que eu herdara da história de Crowley e Pessoa, dois forjadores de irrealidades. Agora, tinha um pré-cadáver a meu lado. Alguém se mata porque já não vive, ela respondeu antes que eu encontrasse uma resposta prudente. Entre o salto e a água pode ocorrer o arrependimento, falei. Ou a libertação, ela retrucou. E ali ficamos, envolvidos pelo mar, fumando e bebendo, num silêncio respeitoso, em nome de todos os que perderam a vida na Boca do Inferno, a vida corporal e a vida imaginada.

Ela tentou se levantar de uma vez, saltando do chão com o braço direito erguido, como uma flecha que é liberada pelo arco tensionado, mas a derrubei com meu pé esquerdo, numa rasteira. Ela caiu sobre a superfície áspera.

— Seu filho de uma puta, me machucastes. Eu só ia jogar a garrafa ao mar. Ides me pagar, brasileiro de merda. Pensais poder agredir as mulheres cá?

E começou a gritar por socorro. Para minha sorte, as ondas acobertavam sua voz bêbada. Levantei-me com calma e segui até o quiosque onde deixara minha bicicleta, subi nela e comecei a volta. O som das ondas foi diminuindo e isso me fez bem. Havia pessoas caminhando e a brisa inflava minha camisa na noite agradável.

Livros criminosos

O café da manhã é o momento mais importante de quem viaja. Encontrei a comida de sempre e a cozinha vazia. Micaela me evitava? O pão estava saboroso, o fiambre recém-cortado grudava-se à massa e o café adocicava tudo. Sozinho, mastigando com calma, sem os sobressaltos de quem se interessa por outro corpo, pude olhar na internet as notícias. Ninguém se afogara na Boca do Inferno, também não havia queixas de agressões a banhistas. Era um dia comum numa região litorânea. Essa normalidade me deixou tranquilo. Na pesquisa que fiz sobre livros à venda, descobri um exemplar do romance de João Gaspar Simões, obra que alguns críticos chamam de infame por ter devassado sua vida conjugal com Isabel da Nóbrega. Os alfarrabistas são seres estranhos. Não fazem nenhum comentário sobre o conteúdo, mas descrevem com detalhes a edição, o papel, as marcas, o tipo de encadernação, se brochura ou capa dura, essas obsessões de colecionadores. Eu queria uma opinião qualquer sobre o romance nunca reeditado. Livros malditos vivem na solidão. E isso era um atrativo a mais. Li a descrição. *Brasília Editora, Porto, 1975. Brochado. Condição: Bom. 1ª edição. Capa um pouco suja.* O alfarrabista não fez a flexão de gênero do adjetivo. A condição, no entanto, era boa. O que significava que podia ser lido integralmente. Pouco me importava se a capa estava ou não suja. O conteúdo do livro também foi qualificado assim. O leitor estava acionado. Eu não podia mais viver sem este livro. Por sorte, o exemplar mais barato se encontrava disponível num alfarrabista de Cascais que, infelizmente, não tinha loja física. Vendas apenas pela internet. Minha ansiedade não me permitia esperar. Ler um livro é também visitar um ponto turístico. Ainda mais quando o modelo que dera origem à obra era da cidade em que estávamos. Liguei para o vendedor que, depois de resmungar um pouco, aceitou me entregar a obra na porta de sua casa, passando-me o endereço.

 Deixei o café na xícara e segui de bicicleta para lá. No caminho, vi uma moça com o braço enfaixado, como se tivesse se cortado com cacos de uma garrafa ao cair sobre ela. Sem pensar, parei. Com um susto, ela se afastou. Ó menina, queria pedir desculpa pelo acidente de ontem à noite; era para proteger a menina, eu disse. Assustada, ela seguiu com o passo mais apertado. Eu não tinha a menor certeza de que ela era a jovem suicida, mas pedir desculpas assim, em público, demonstrava meu caráter, minha preocupação com o outro e todos os sentimentos que nutrem o escritor sensível aos sofrimentos humanos. E me senti muito bem quando retomei a viagem de bicicleta rumo ao romance contra Isabel da Nóbrega.

 A casa do livreiro era uma dessas que têm a porta na rua. Malcuidada como devem ser os depósitos de livros de segunda mão. Toquei a campainha duas vezes antes de ser atendido. E logo apareceu o alfarrabista em sua imagem clássica. Botinas estropiadas, roupas amarrotadas e sujas, pele muito branca de quem não gosta de sol. Eu suava e tinha o rosto avermelhado pela exposição à luz do dia.

— Vim buscar o livro sobre o qual falamos, eu disse.

— Se o senhor fizer a gentileza de me dizer o nome do livro e do autor, calha de eu encontrar.

— As *mãos e as luvas*, de João Gaspar Simões.

Ele se virou e se voltou para uma sala escura, com livros por todos os cantos. Como deixou a porta aberta e não pediu para que eu aguardasse do lado de fora, encostei a bicicleta na parede e o segui. Na sala, a pouca luz não me impedia a visão. Eram muitos livros, estavam organizados por uma lógica qualquer que permitia que ele se movesse entre eles com segurança.

— Eu trabalhava numa agência imobiliária, embora gostasse de ler. Uma das dificuldades que os herdeiros tinham era o que fazer com estantes de livros. Os livros velhos são um problema. Não se jogam tais objetos no lixo, seria um escândalo, não seria? A primeira coleção, ganhei de uma família. Depois, no início da negociação para pôr a moradia à venda, eu já oferecia um pequeno valor pelos livros. E comecei a encher minha casa de papel mofado. As obras multiplicam-se sozinhas. O difícil, filho, é apontar tudo isso ali no computador.

E vi a tela reluzente de um computador na mesa que devia ter sido de jantar e que estava agora coberta de volumes escuros. Caminhamos entre pilhas de volumes divididos por lote. Pertenceram a antigos professores, a escritores, jornalistas, essa gente. Ainda em pé, mexeu no teclado e logo anotou no papel um código, convidando-me com os olhos para o outro cômodo.

Passamos pelo que havia sido uma cozinha. Os livros tomavam conta da pia. Senti vontade de abrir a torneira e regar aquelas encadernações. Foi dentre estes que tirou o volume de capa encardida, com o desenho de uma mulher diante do que parecia um espelho. Ele me estendeu aquela obra com orgulho.

Conseguia localizar qualquer coisa no meio das montanhas de papel.

— O senhor conheceu Isabel da Nóbrega?

— O nome não me diz nada. Foi atriz?

— Escritora.

— É muito escritor, filho — disse isso apontando para seu estoque.

Olhei para o livro em minha mão, confirmei o preço e paguei.

— Este não é um livro inocente — comentei, para ter a chance de falar sobre a obra que ainda não havia lido.

— Nenhum livro é inocente. E alguns chegam a ser criminosos. Anda cá.

E me levou para um dos quartos, onde identifiquei a cama em que dormia. Nós nos sentamos nela, ele retirou de uma caixa que servia de console um volume todo manchado, capa dura, de Os lusíadas. Devo ter manifestado algum desprezo.

Existia uma história ali. Algo naquele homem, que deve ter renunciado à família para ficar com as velharias encadernadas, havia despertado meu afeto. E ele devia ter também visto alguma coisa em mim. Intuiria minha vocação? Há muitos códigos ocultos que nos unem às pessoas.

— Ninguém sabe como vai morrer. Um gajo pode entrar numa loja de livros a procurar uma edição rara, um lugar em que ninguém o conhece, e acabar morto.

Falou sem o menor humor. Olhei o quarto tomado pelos livros, cenário perfeito para matar alguém.

— Isso que falei é só um exemplo do perigo que acompanha os livros.

— O senhor quer fazer um pouco de suspense para narrar sua história. Entendi.

— Entende como quiserdes. Este quarto dos fundos poderia ser perfeito para um crime. Ao menos para guardá-lo.

Notei que, apesar da idade, estava diante de um homem forte, mãos peludas, dedos longos que poderiam me sufocar sem muito esforço, talvez até rindo de minha cara assustada. Ele se levantou com o livro na mão enquanto eu permanecia sentado na ponta da cama, para evitar intimidades. E me entregou o livro. Era pesado.

— Sentiu?

Não falei nada por não saber o que era para sentir. Passei o dedo pela capa.

— Não é assim que se faz — ele tomou o livro de minhas mãos, um pouco irritado.

Com o pulso direito fechado como se fosse me dar um murro, bateu com força na capa e saiu um som denso, de uma porta a ser golpeada.

— Está ouvindo? Madeira. Isso é tão duro quanto madeira. É como se fosse um pedaço de pau. Só que com mais resistência.

O livro tinha um formato de álbum, em edição de luxo, destinada a colecionadores. Talvez tivesse a assinatura do impressor e do responsável pelas ilustrações. Possuir uma edição rara de *Os lusíadas* distinguia os nobres do país. Mais do que um livro, era um brasão.

Ele bateu na capa de novo e repetiu a palavra *madeira*, como se conferisse a solidez do casco das embarcações de Vasco da Gama.

— Na minha juventude — ele começou a narrar —, um crime ficou famoso. Uma jovem artista sumira. Tinha dezenove anos. Era muito bonita e com uma vida livre, o que não era pouca coisa na época do maldito Salazar.

Ele falou isso e riu. Como se fosse uma vingança contra o ditador. Xingar o desafeto eterno deu alguma alegria a meu interlocutor. Que agora ficara mais calmo e voltara a se sentar ao meu lado, sem intenções facínoras, dando-me o livro quase com um gesto de carinho.

— Uma ação da PIDE? — eu me adiantei.

— Foi o que todo mundo pensou. E só depois de dias encontraram o corpo dela numa mata para as beiras de Estoril. Estava nua, o corpo meio putrefato, mas da boca saía um bolo de papel que tornava mais horrível seu rosto todo machucado, como se tivesse levado pauladas.

Não quis fazer perguntas nessa pausa da narrativa. Ele tocou meu joelho com as mãos peludas de lenhador, como se buscasse amparo para continuar a descrever a cena.

— Os olhos abertos, comidos por insetos, a moça com sinais de luta, os braços arranhados, o sapato perdido metros antes, alguns arbustos com galhos quebrados. Lutou muito com o assassino.

— Matar não é fácil — foi tudo que consegui dizer, como um alerta para ele.

Tentei me levantar, mas sua mão forçou minha perna e o movimento acabou interrompido, afundando-me no colchão, de onde vinha um cheiro de coisa estragada, esperma talvez.

— O corpo foi levado para autópsia. Tiraram da boca da moça aquela bola de papel. Eram trechos de Inês de Castro.

— Ela morreu por alguma questão literária?

— Não. Apanhou provavelmente porque frequentava muitos homens, deve ter saído com algum poderoso da época, começou a querer se beneficiar e tiveram de dar um fim nela. E como este é um país literário, e como Camões é nossa régua para tudo, o assassino espancou a rapariga, e a obrigou a mastigar as estâncias 118 a 135 do Canto III.

— Morreu por querer chantagear o amante e ocupar o lugar da esposa legítima?

— Mas o rico não a quis coroar depois de morta e até foi cúmplice do crime.

— Descobriram o caso?

— Faltam bons críticos literários entre nossos inspetores. Aquilo era uma charada literária.

Ele disse isso e ficou olhando para o volume que eu tinha nas mãos, como se coubesse a mim decifrar o que pertencia a um tempo distante. Não falou nada por uns minutos, a mão pesando sobre meu joelho. Eu não sabia se era para me emocionar ou não com a morte da moça. Se era para fazer um comentário sobre a beleza da passagem de Inês de Castro. Questionar a figura do leitor, que não se faz mais humano. Eu não sabia nem o que me prendia àquele quarto, do qual devia ter saído logo depois da compra.

Após esse silêncio, e talvez para me distrair, abri o volume e caiu bem numa falha de encadernação. Algumas folhas haviam sido arrancadas. Veio um arrepio na espinha. Olhei para o livreiro e ele tinha os olhos brilhantes, não sei se de compaixão ou de êxtase. Fechei o volume, fazendo barulho.

— Foi com uma edição de capa dura de *Os lusíadas* que o assassino executou o crime. Bateu no rosto e na cabeça dela até que morresse — ele disse.

Então lhe devolvi o exemplar, entendendo as manchas da lombada e os amassados que denunciavam o uso daquela encadernação.

— Como o senhor conseguiu o livro? Comprou de algum herdeiro? — tentei mudar o rumo de nossa conversa.

— Nunca se revela a origem de um livro. É preciso intuir a história dele.

Levantou-se de vez e guardou sobre o console aquela edição assassina, ou pelo menos que ele queria assim. O móvel rústico era um altar, pois não ficava nenhum outro volume nele. Havia algo doentio nessa proximidade com o livro. Talvez lesse trechos do poema antes de dormir.

Foi até a porta, como que indicando que a história havia acabado. Eu me levantei e o segui, ambos em total reverência à morte da moça. Na saída, ele se despediu.

— Espero que tenha uma boa leitura.

Olhei para o romance de João Gaspar Simões que eu deixara na cama e que apanhara antes de me levantar. Levaria a memória daquele lugar escuro onde estive não sei por quanto tempo. Com o livro dentro da camisa, pedalei para bem longe dali.

Num bar na praia, sentei-me para ler o romance. Trazia o nome da antiga proprietária. Dalila Chumbinho. Como chegara até o alfarrabista? Eu teria de imaginar esse percurso. Era uma professora que, com a aposentadoria, vendera seus livros todos? Alguém o pegara emprestado para conhecer a história de Isabel narrada por seu ex, esquecera-se de devolver e, depois, para se livrar de livros antigos, vendera um lote grande ao comerciante de obras usadas?

Comecei a leitura de As *mãos e as luvas*, para descobrir que aquela obra era também uma tentativa de matar a amada.

Carta para Tininha

Querida Albertina,

Li sua história em As mãos e as luvas, *narrada por esse machista que cheguei a admirar, o frustrado João Gaspar Simões. Até quando as mulheres serão apresentadas dessa forma desonesta por homens? Ele tenta construir você, me permita essa intimidade, como uma devassa que foi pulando de homem em homem, como quem quer se dar bem, quando na verdade você buscava justamente se livrar dos laços sociais. Há uma perversidade nessa história, que li me recordando da Confeitaria Marques, na rua Garret, em frente à Livraria Bertrand, no Chiado que tanto amo. Nunca frequentei a confeitaria, mas passei várias vezes na Bertrand, e via a loja da Stradivarius que ocupa o lugar do prédio, sentindo nostalgia dos tempos em que tantos intelectuais tomavam sua xícara de café ali. Sem falar nos casamentos e aniversários que aconteceram naquele lugar. Quando soube onde seu ex-marido se encontrava com o narrador do livro, um ex-marido e um narrador que eram a mesma pessoa, porque esse Simões não quis ser confundido com um corno, me perdoe o termo chulo, criando essa falsa impessoalidade, quando eu soube do lugar de encontro deles me veio uma alegria, pois pelo livro eu frequentava um endereço agora inexistente. Depois tive raiva.*

Querida Tininha, quero confessar que fiquei com vergonha enquanto lia o romance contra seu impulso de viver plenamente — se é que podemos chamar de ficção aquela peça de acusação moral. Se num relacionamento estável, com seus meninos, frutos da união com um médico de sobrenome poderoso, dr. Sousa e Vasconcelos, você não conseguia tirar todas as experiências a que se via destinada, era natural que tentasse fora do casamento. Trocar a vida de luxo, com carro, chofer e contatos na alta-roda, para viver com Simões, um intelectual, mostra que você não se importava consigo mesma. Perseguia um sonho: viver sua liberdade e fazer dela um caminho para outras libertações. Tudo que era restrição no romance, eu li como elogios. E essa foi minha vingança de leitor contemporâneo.

Que bom que você nunca deixou de ter outros amores quando começou a sair com Chico, nome atrás do qual se esconde Simões. Era natural que uma mulher tão intensa, com tanto sonho nos olhos, não ficasse restrita a uma única e rotineira relação. Durante a leitura do livro, eu torcia para que você tivesse mais parceiros, fosse a mais lugares, conhecesse muitas pessoas, porque assim você crescia. Se isso a diminuía para seu segundo marido, o crítico vingativo, para nós, hoje, esse comportamento fez de você uma desbravadora.

Na época do detestável Salazar e da não menos detestável PIDE, o adultério era contravenção. E seu primeiro marido, o médico, ao contratar detetives para registrar seus passos, transformou sua vida íntima em ação política. Ter outros homens, ao seu gosto e segundo sua vontade, era uma forma de resistir ao regime. Foi uma politização pelo próprio corpo. As tentativas de burlar o es-

pião dão à sua história um valor moral que o autor do romance não soube entender. Você enfrentou o marido e Salazar para ter vida própria.

Mas há outros méritos de seu amor.

Uma de suas preocupações era com os filhos, e você teve de se afirmar sob a ameaça de ser devolvida ao pai, que ficou ao lado do marido. Este queria entregar você como um objeto avariado, do ponto de vista moral, sem os filhos, à casa paterna. Pode haver maior ofensa? Ser tratada como algo que se devolve porque não era aquilo que haviam afirmado em contrato matrimonial? E esse destino de separação dos filhos foi inevitável. A mulher livre faz sacrifícios. Fiquei muito feliz quando você largou o médico, que só pensava em dinheiro e status, e seguiu com o escritor.

Mas nós, os intelectuais, somos vaidosos. Queremos uma atenção que não aceita concorrência. E o segundo casamento, que durou treze anos, tinha de acabar como acabou. Se Simões aceitava que você traísse o primeiro marido com ele, não aceitava que você o traísse com mais ninguém. Queria uma exclusividade que ele próprio nunca teve com a esposa. E você se libertou também. Esposa duas vezes livre. Mulher que foi dona de si, que conjugou o desejo como pôde.

De todas as ofensas que você recebeu, os desmerecimentos físicos foram mais agressivos do que os morais. A ideia toda do romance é que você estava representada por mãos disformes (seria sua verdadeira alma), ocultas pelas luvas. Ele teria levado mais de uma década de casamento para tirá-las? Foi quando descobriu que você roía unhas, comia a pele dos dedos e tinha mãos patibulares. A mão é um dos elementos que caracterizam as bruxas. E foi assim, querida Tininha, que ele viu você. Não só como uma mulher falsa, e sim como uma feiticeira, que usava os olhos verdes e a maneira sensual de piscar para seduzir os homens e compensar a falta de outros atributos, segundo ele. Que revoltante!

Não deixa de acusar você de baixinha, sobre uma preferência sua por salto alto. Nas fotos, você se destaca, e não se sente a diferença de tamanho. Mas apequenar a amada, querida Tininha, até pelo uso do diminutivo, era uma forma de reforçar a ideia de sua estatura moral, quando na verdade é o contrário, você está acima de todos, porque viveu o que gostaria de viver. Na opinião dele, em narração ventríloqua do amigo Zé, você não seria nem muito bonita nem muito provocante.

O pior foi definir seu corpo como rotundo. Há uma sistemática desvalorização de sua força sedutora, uma reafirmação de que nunca amara ninguém, o que é desmentido por esse romance de não ficção. Ninguém que não tenha amado muito pode odiar tanto assim, a ponto de retratar, de um ângulo errado, a pessoa amada como vilã. Descrevendo a primeira vez que você se despiu para ele, fala da cinta que era usada para afinar "aquelas carnes, demasiado rotundas", dizendo que você sofria de celulite. Com base nisso, ele definirá seu caráter como adiposo, com células supérfluas. Que crueldade, minha querida. Em vários episódios, Simões descreve você como uma máquina erótica, insaciável. Que o amor seria centrado, para você, no sexo, na vagina, segundo palavras textuais do narrador moralista, o amigo que tudo sabia da vida íntima do casal. Que você dominava todo o Kama Sutra, sempre com um ar de quem não estava fazendo nada errado. E não estava mesmo. Sabemos disso.

Mas ele também desmerece você como intelectual. Diz que seu comportamento de mulher casada que se apaixona por outro homem era resultado da leitura de romances policiais, e cita com desdém que você era uma leitora de Agathas Christies. A definição que ele repete das mulheres é aviltante: seres de ideias curtas e cabelos compridos. Olhe, Tininha, seu ex-marido era um canalha. Ele via as escritoras como mulheres mais ou menos enfrascadas de literatura, o que funcionará para zombar, já no final do casamento, de seus escritos. "Tininha dava-se agora a miríficos projetos de trabalhos supostamente literários." Como se desde o início, ao largar de um médico e se unir a um crítico, seu propósito não tenha sido se fazer escritora. E seus trabalhos no jornal e no Partido Comunista seriam tarefas vagabundas. Ele vai usar sempre a acusação de que você era apenas uma máquina de sexo e que esse era seu único interesse na vida.

Se todos esses comentários são uma bofetada, a agressão propriamente dita aconteceu num momento de ciúme. E você não ter revidado nem brigado mostra sua condição de vítima. Mesmo hoje é difícil uma mulher denunciar uma agressão sofrida pelo parceiro, imagino ter sido impossível no período salazarista.

Vibrei no final do romance, quando você larga o intelectual famoso, com poder no meio literário, estudioso dos grandes autores da língua, para se unir a um jornalista pobre. Você desceu às classes mais humildes, fazendo essa viagem amorosa até um marxismo prático. Você se impôs como jornalista e escritora e começou a ser uma voz na cultura. Parabéns, Tininha. E esse novo companheiro viria a ser o Nobel, referido no livro de maneira desdenhosa, como o amante intelectual. O que unia vocês dois eram as ideias progressistas, entre elas a emancipação feminina. Vocês viveram não um casamento burguês, e sim um companheirismo literário. Você passou por toda essa humilhação, Tininha, para que a língua portuguesa tivesse um autor mundial. Por isso, queria agradecer. Obrigado. Muito obrigado pelo Nobel que também é seu e de todas as mulheres que escreveram e escrevem em nosso idioma.

O mais curioso é esses homens já terem morrido e você continuar viva.

Todo reconhecimento deste seu colega de ofício.

Rodrigo S. M.

Mover-se cegamente

Escrevemos uma carta para quê? Como esse formato perdeu a função comunicativa, restou como recurso literário, o que quer dizer que cartas não servem para nada, faltam-lhes destinatários. Praticamente, só seres de ficção ainda recebem correspondência impressa. A carta pertence ao agora como uma escrita retrô. Mesmo assim, estava contente por ter escrito para Tininha, de quem me fiz amigo, amigo dela — a personagem libertária de *As mãos e as luvas* — e de todas as mulheres. Em minha trajetória de vida, já exageradamente longa, tudo que eu havia feito de errado com as mulheres me povoava as madrugadas de insônia que comecei a ter em quartos que não me pertenciam.

A carta para Tininha estava escrita em meu caderno, e lá ficaria, nas folhas presas pela encadernação e protegidas pela capa dura. Não iriam a lugar nenhum. Não habitariam um envelope para fazer a viagem entre folhetos, encomendas e boletos bancários. Nascia de mim para mim, a alcançar essa destinatária de meu teatro mental, em que as personagens recentes dos livros continuam atuando com novas falas em outros episódios.

Um romance aumenta nossa vida interior. E ao receber minha carta, Tininha se sente reconfortada. Se formos compreendidos nos últimos momentos de nossa vida, ainda assim terá sido o melhor remédio que alguém poderia ter nos ministrado.

Na manhã seguinte, levantei-me mais cedo e preparei o café para os donos do apartamento, em gratidão a tudo que fizeram por mim. Tinha sido acolhido como filho e correspondi a isso. Era o café mais completo que eu havia tomado em Portugal, pois comprei vários tipos de pão — o pão é uma experiência portuguesa —, doces de convento, queijos e um vinho adamado, fresco, para que aproveitássemos a manhã ensolarada. Havia em mim uma bondade que eu jamais sentira.

No dia anterior, passara o tempo todo na praia, num quiosque, onde fiz minhas refeições, na companhia de *As mãos e as luvas*. Havia um temor nessa leitura pública do livro, pois eu imaginava que algum neto ou outro parente de Isabel da Nóbrega pudesse aparecer e se irritar com a exposição da obra injuriosa. Imaginar que eu estava lendo a narrativa apenas para bisbilhotar a vida da personagem, como quem olha alguém se trocando pela fresta da cortina. No fundo, toda leitura literária tem esse desejo voyeurístico, que disfarçamos com intenções mais sérias, embora o que desejemos seja entrar na intimidade daqueles seres e encontrar neles alguma relação com pessoas reais, diminuindo a distância entre a ficção e o registro civil.

Não parei de ler enquanto sentia a proximidade de Isabel, como se ela estivesse na cadeira ao lado. Num dia, experimentei o relacionamento de mais de uma década. Fui um dos amantes de Tininha, em encontros com ela na Lisboa salazarista. E todas as vezes tinha de fugir do detetive que o dr. Sousa e Vasconcelos contratara para nos vigiar. Num desses momentos, quando seguia incógnito na Baixa, pela rua do Comércio, pela Alfândega, ao longo do Campo das Cebolas, tomando, na travessa do

Chafariz de El-Rei, o largo do mesmo nome, passei pela Casa dos Bicos, e me lembrei, lá nesse passado que a ficção me compartilhou, que ali viria a ser o endereço do Nobel, a sede de sua fundação. A geografia é irônica. Parei na frente da Casa dos Bicos, durante essa leitura, e fiquei com ciúmes do homem que roubaria Tininha de mim.

E quando voltava os olhos para o que acontecia ao meu redor, o presente se embaçava todo e mais nítidos ficavam os personagens entre os quais eu me movia. Um toque em meu ombro quase me fez cair da cadeira. Era o garçom querendo saber se eu ia cear. Respondi que não, pedi um café apenas para digerir o resto da história. O romance infame, lido do ponto de vista de Tininha, se tornava uma defesa da mulher. Paguei a conta, deixando uma gorjeta ao garçom — pois quando estamos ao lado de uma mulher queremos impressionar —, guardei minhas coisas na mochila e segui a pé para ver o pôr do sol na Boca do Inferno. Caminhava lentamente, tomado pelos fatos narrados no livro, que poderiam permanecer em mim por muitos dias. Até esse esquecimento de falas, frases, rostos, eu ainda estaria um pouco lá e um pouco aqui. Depois tudo se desmancharia como fumaça, sem deixar vestígios. Eu queria permanecer no estado de plenitude em que ficamos depois de fechar um livro que ainda nos convoca.

Procurei, amorosamente, o mesmo lugar onde estivera duas noites antes, a rocha em que rolei abraçado à jovem suicida. E alcancei o lugar pelo mesmo trajeto, lendo a placa do desaparecimento do mágico Crowley. Ao me sentar, olhei para a mesma direção, distraído. Aquilo já era uma memória antiga? Eu repetia movimentos ancestrais? Estava ali olhando o mar como um português saudoso das navegações, eu que nunca estive em barcos?

— Sabia que voltaríeis.

Olhei para a origem da voz, ao meu lado direito, e vi uma moça descabelada com escoriações no rosto e um hematoma na testa. Eu me levantei com vontade de partir, não queria me envolver numa história de violência. Atraio confissões de pessoas desconhecidas, e muitos amigos já me disseram que possuo uma espiritualidade mediúnica não explorada.

Virei-me para o lado do continente e comecei a andar como se ninguém tivesse me abordado. Posso fazer pessoas desaparecerem, apagando-as de meu campo de visão e meus radares auditivos. Elas passam a não existir para mim, o que deve lhes criar uma sensação de imaterialidade. Mas esta tinha a convicção de que era real. Segurou meu braço, estancando meus passos.

— Não estou nem mesmo um bocadinho zangada.

— Nós nos conhecemos? — eu não olhava para ela ao perguntar isso.

Sem coragem de forçar a separação, sentindo os dedos finos e firmes contra meu braço esquerdo, parado de costas para a jovem, a cena me pareceu patética, a de um namorado que rompeu a relação e é retido, na hora da partida, pela mulher inconformada.

— Meus ferimentos assustam?

— Tenho um compromisso agora. Um motorista me espera lá no quiosque. Poderia me largar?

— Vim ontem e hoje, sabia que voltaríeis, atraído pelo abismo.

Tentei pegar meu telefone, para simular a chegada do motorista de aplicativo, mas o aparelho estava no bolso esquerdo de minha calça. A mochila ficara no ombro direito.

— Vamos conversar um pouco, sentados diante do mar, como no nosso primeiro encontro.

Só então me virei e vi seus olhos verdes, amigáveis, o da direita circundado pelos ferimentos.

— Como você conseguiu isso? Alguém bateu em você? — tentei fingir desconhecimento.

— Caí bêbada ali nas pedras, não se lembra? — ela queria me inocentar.

Soltou-me e com a mesma mão alisou minha barba. Eu poderia ir embora, nada me impedia. E, no entanto, dedicava-me a ouvir aquela mulher praticamente desconhecida contando as histórias de sempre na tentativa de esconder que apanhara do namorado: quedas, portas que batem no rosto, essas mentiras que só impedem que os verdadeiros culpados sejam presos.

— Ali — ela disse, voltando-se para o lugar onde estivéramos naquela noite.

Logo se sentava na mesma rocha de antes. Tinha as ancas firmes de quem faz musculação. E estava com uma blusa de alcinha, com a malha colada ao corpo. Lentamente me aproximei para ficar ao lado dela, ombro contra ombro.

— Sabe por qual razão esperei vosso retorno?

— É a primeira vez que venho aqui — menti.

— Porque eu queria agradecer vosso cuidado comigo. Estava muito doida aquela noite. Daí quis me afogar como se isso fosse uma resposta. E um anjo me acolheu em seus braços, só que me debati e caí nas rochas.

— Está parecendo um conto de fadas.

— Não é isso a vida?

— Num conto de fadas, você não poderia ter se machucado.

— A fantasia é tal qual a realidade, sujeita a problemas.

Perguntei seu nome.

— Matilde, encantada — ela disse ao me estender a mão, como se estivéssemos nos conhecendo naquele instante.

Tive de rir, pois estávamos falando de uma história encantada.

— Sorrides com todo o vosso corpo — ela falou.

— Me chamo Rodrigo, não sou anjo nem demônio.

— Está bem, está bem. Quero crer que não sois.

E fez um silêncio.

— Um demônio.

Continuávamos com as mãos dadas, como namorados. O silêncio era um manto a nos cobrir no fim da tarde com um vento que deixava as ondas mais agitadas, embora elas não pudessem ser percebidas, tamanha nossa concentração em nós mesmos.

— Quando acordei, no outro dia, não me lembrava de nada. Apenas do vosso rosto brilhando à luz da lua. Uma face loiramente barbada. Tenho um complexo de culpa depois de uma bebedeira. Como se eu tivesse feito coisas muito feias, que me envergonharão pelo resto da vida. Fui para casa, dormi e acordei horas depois com manchas de sangue nas roupas. Só me lembro que naquela noite queria levantar voo. O que aconteceu?

— Fizemos sexo aqui, neste mesmo lugar em que estamos sentados. Você quis que eu fosse por trás, daí se virou e, quando forcei um pouco, seu rosto resvalou na rocha, mas você pedia mais e mais, e o resultado é o que sabemos.

— Então eu não quis me matar?

— Você quis é me matar — brinquei.

— Tudo não passou de um sonho?

— Tudo sempre é um sonho.

E ela me beijou na boca. Um beijo da mulher amada. Tininha? Txel? O amor não tem um único alvo. Amar uma pessoa, amar todas as pessoas. O beijo recompensava as horas pelas quais esperara seu salvador, quando contaria a verdadeira versão do que acontecera.

— Dizei que eu não quis me matar.

— Você não quis se matar.

E jamais um homem foi tão premiado com olhar tão meigo, por dizer uma verdade que alivia a consciência. Matilde reafirmava seu apego à vida. Levou a mão até o seio e pediu para eu sentir o batimento cardíaco.

— Sabe quem eu sou? — perguntei.

— Um anjo de pila dura, que me machucou.
— As rochas é que machucaram você.
— Fico feliz de saber que não tentei me atirar ao mar.

Durante um silêncio, como se estivéssemos nos organizando mentalmente para o que viria depois, pensei no livro *As mãos e as luvas*, que dormia na mochila como uma arma. Poderia bater na cabeça dela até que desfalecesse. Arrancaria quais páginas para enfiar em sua boca? Tal fantasia assassina não podia se concretizar porque aquela era uma edição em brochura. Mas fiquei pensando que passagem do livro eu usaria como mordaça. O momento em que Tininha fica nua para o amante, num quarto de encontros que ele mantinha em Lisboa? Esses pensamentos me davam uma potência criminosa da qual sempre fugira. Mas parte de mim estava ansiosa para experimentar. Abri a mochila, retirei o livro e fiquei em pé, com ele na mão. Matilde fez uma cara de quem não percebia o que se passava. Segurei o volume com força, expondo a lombada, estiquei o braço para trás e o lancei com toda a minha energia. Senti um fisgar em meu braço pelo movimento brusco. E vi o livro ganhar o ar, abrir-se em centenas de folhas, como uma gaivota abatida, para empreender seu voo lento e descendente.

— Por que jogastes o livro?
— Queria ficar longe dele.

E, sem combinar, ambos nos levantamos. A bicicleta ficaria perdida porque ela pediu um táxi e em pouco tempo estávamos em seu apartamento, na cama. Matilde se despiu, mas eu só via os ferimentos, e isso me inibia. Não queria machucá-la ao fazermos sexo. Vinde, ela sussurrou.

Neste momento, ouvi o barulho de uma mensagem em meu celular. Nem cheguei a tirar a roupa e já estava dizendo que tinha de ir embora, um problema sério com minha irmã, que me acompanhava na viagem. No outro dia eu ligaria, embora eu nem tivesse o número dela. Essas coisas que inventamos para nos livrar de uma companhia incômoda.

Saí do apartamento como um bandido. E ouvi sua voz terrível.

— Seu verme de merda!

A mensagem era de Txel. E dizia apenas:

— Não interrompas a procura.

Era uma ordem que eu cumpriria imediatamente. No dia seguinte, de madrugada, voltaria a Lisboa. Txel me enviava de uma cidade a outra. Talvez fizesse um jogo turístico comigo. Não é justamente essa movimentação cega o amor?

Festa de aniversário

O barulho das rodinhas da mala nas calçadas de Lisboa me devolveu a um passado recente. Estava de volta à metrópole, percorrendo a Baixa, sem nenhum projeto. Nas viagens de ônibus a Peabiru, eu contemplava com melancolia os andarilhos, que iam de uma cidade a outra, sem pertencer a nenhuma delas, dormindo nos postos de gasolina, sob pontes, comendo os restos dos restaurantes de beira de estrada. Uma população que não se fixava em nenhum lugar e que questionava, com a simples existência, os proprietários e os empregados respeitadores das normas da empresa. Eu era quase um deles agora, com minha vida inteira enfiada numa mala pequena e numa mochila. Não precisava andar a pé entre as cidades, não dormia em bancos, mas tinha o mesmo desprendimento, como essas plantas do deserto, arrancadas da areia pelo vento, que vagam quilômetros e param em lugares inóspitos e se enraízam de novo, até a próxima ventania.

Enquanto procurava um lugar para me enraizar por uns dias, olhava as demais pessoas, muitas com malas iguais à minha, que iam resolutas a algum canto. Puxavam a alça retrátil com força, queriam chegar; enquanto eu me arrastava sem convicção até a próxima quadra, podendo virar tanto à esquerda quanto à direita, ou seguir reto, parar na frente de uma loja e me sentar em alguma mureta. Andar era meu único objetivo. Ao cruzar com um desses viajantes, recebi um olhar de apoio, como se me dissesse: *Vamos, você consegue*. Viam em mim o cansaço da viagem, e não a ausência de destino. Dentro dessas malas, a história recente do Brasil havia nos ensinado, poderíamos encontrar dinheiro sem fisco, o corpo de alguém esquartejado, drogas, produtos contrabandeados, armas e até mesmo roupas. A mala de rodinhas pertencia ao imaginário policial do Brasil, por isso eu observava com tanta curiosidade os que as arrastavam pelas ruas de Lisboa. E eles me devolviam um olhar de código, pertencíamos ao mesmo grupo, o dos que se movem pela cidade com um apêndice incômodo e provavelmente criminoso. Entre eles devia haver algum mágico (a carregar seus instrumentos de ilusionista), também ladrões (que transportavam os pertences mais valiosos de alguma residência para oferecer a receptadores honestíssimos) e cônjuges que haviam partido de casa após uma desavença, apenas com as coisas mais importantes, depois voltariam para fazer a partilha, lembrando da época em que compraram esses objetos que deveriam servir para unir e que agora separam. Tantas possibilidades naquelas malas que passavam por mim. A maioria, no entanto, era desses solitários extremos que se movem sem sentido pelo planeta, apenas para voltar cansados. Poucos se arriscavam a fazer do passeio uma busca com todos os riscos que essa decisão traz. Eu era orgulhosamente um deles. Não tinha roteiro. Desalentado, estava perdido na metrópole, sem ter para onde voltar. As viagens dos andarilhos são apenas de ida, não pressupõem reencontro, ponto de chegada, abraços nervosos, choros e beijos. Eles desaparecem de uma vez, no meio do percurso, sem saber onde será o fim. Em minhas viagens de ônibus para visitar meus pais, eu imaginava como seria o cotidiano dos andarilhos. Se numa encruzilhada poderiam ir a tantos lugares diferentes, o que movia aqueles homens sujos e barbudos a tomar uma rodovia e não outra? Agora eu descobria esse segredo. Eles apenas continuavam. Não liam placas para se orientar, conduzidos por pernas irracionais, doloridas, putrefatas mas inquietas. Era nisso que eu me transformara, ao som das rodinhas em atrito com as pedras, num andarilho que pegou a esquerda sem saber por quê, cruzou a rua e ouviu um chamado.

— Ei, anda cá.

Uma porta de vidro se abriu às minhas costas, e tive de me virar para a origem daquela convocação, estranhando alguém abordar assim um caminhante. Andarilhos não existem para as pessoas. Passam por elas. Não param. São uma afronta a quem tem endereço, e devem ser ignorados. Mas a porta continuava aberta e de dentro vinha uma escuridão forçada por cortinas grossas, o que criava uma cicatriz de luz no chão de piso encardido. Eu via a mão segurando a porta, de onde veio a nova ordem.

— Rápido!

Não havia nenhuma inscrição naquele estabelecimento e a voz não denunciava um vendedor, única explicação para eu ser convocado a um ambiente comercial. Uma coisa estava evidente: era uma voz enérgica, acostumada ao comando. Melhor me apressar.

Mudei o rumo e voltei uns poucos passos, afundando-me na escuridão, pois a porta logo foi fechada. Sem me desgarrar da mala, tive de caminhar vários metros, guiado por quem me recrutou. Passei por uma porta, mais um corredor, sempre com pouca ou nenhuma luz, até chegar a um imenso salão oval no coração oculto daquele prédio, onde reinava um festim. Em segundos, divisei vultos aglomerados em torno de algo que parecia um palco com altar. Já percebia a fisionomia preponderante no grupo. Cabeças raspadas, barbas loiras ou ruivas, pele branca, expressão feroz e olhos vermelhos, refletindo uma luz mínima que vinha do centro. Larguei a alça da mala para pegar uma garrafa que me foi oferecida, e a ergui contra os lábios. A vodca quente desceu por minha garganta com seu fogo salvador. Tomei mais um gole e passei para o rapaz ao lado, como quem compartilha uma agulha contaminada na hora de se drogar. Formávamos uma seita, erguida ao redor de um vulto que discursava. Eu ouvia gritos em alemão, como se fossem trombetas, pela cadência de marcha militar.

Apenas quando começou a falar em português, entendi que estávamos comemorando o aniversário de alguém. Mencionavam o líder. O exemplo dele salvará a Europa dos pestilentos, a Europa se encolhe de forma assombrosa, somos menores a cada dia, a cada hora que passa, mas apertar uma raça dessa forma produz um efeito explosivo, ele disse, tinha sido assim no passado, no tempo de nosso líder, ele prosseguiu, mas agora não era um país só que sofria, e sim toda a Europa, estamos sendo destruídos em nossas próprias terras, mas a data que se comemora hoje (houve gritos, e garrafas se ergueram acima das cabeças raspadas) é uma forma de manter todos em alerta, a qualquer hora uma grande onda virá, e enquanto ela não vem vamos limpando o mundo ao nosso redor.

— Se cada um de nós anular um deles, haverá pânico e eles recuarão. E aos poucos voltaremos a ser fortes. Vejam os demais países. Mesmo no Brasil cresce a Europa branca, cresce a força ariana, e vamos retomando espaço com o presidente deles. Chegará a hora de sermos novamente admirados por nossos feitos, e toda a humilhação não passará de um sonho ruim, e teremos de volta o que é nosso, e faremos a humanidade ganhar força, pois só a força gera sobrevivência. Se até os animais abandonam os filhotes fracos, por que nós que temos inteligência de sobra vamos deixar os piores triunfarem?

Nessa hora, chegou outra garrafa de vodca e bebi mais um gole para me entusiasmar. Olhei melhor ao meu lado e vi que não era um homem à minha direita, mas uma menina careca, com piercing no nariz e roupas escuras. Segurei sua mão e não encontrei a menor resistência. Éramos um membro só, uma única voz, o sangue circulava de um corpo a outro e tudo entre nós era permitido. Sentir-me um *nós* me dotava de uma energia infinita.

Subiu ao palco uma banda de metal e teve início uma antiquada bateção de cabeça, com músicas que eu não entendia, sequer conseguia identificar o idioma, por causa do som dos instrumentos, arranhado, percutido, e tudo aumentava o efeito da vodca que não parava de circular. Fiquei pulando e gritando com a moça do piercing. Minha coluna crescia, meus braços se estendiam a metros de mim, e um deles estava segurando a mão de uma jovem. Eu era grande, não cabia naquele salão, meu corpo se dilatava, um ventre pulsando em toda a extensão, eu era gigante, e entoava com a voz pesada letras que desconhecia.

Não sei quanto tempo fiquei ali integrado ao todo enlouquecido, mas a certa altura o som parou e alguém subiu ao palco, obrigando a banda a descer. Acenderam um foco sobre ele e puseram um púlpito móvel com a suástica. O palestrante estava de uniforme nazista, era gordo e musculoso. Com uma voz de tenor, começou uma contagem regressiva em dez. Todos o seguiram. Quando chegou a zero, ouviram-se gritos de saudação a Hitler.

Olhei o celular e vi o horário: 17h30.

— Neste exato minuto, Hitler faz aniversário — a moça me falou.

E começou uma música em alemão, depois o *parabéns a você* em português. Minha voz fina, somada à da multidão, se fez estrondosa, como se estivéssemos num estádio entoando o hino de nosso time.

— Em vários países, não apenas nos europeus, corrigido o fuso horário, há neste momento pessoas comemorando o aniversário do líder.

— Ele nasceu às cinco e meia?

— O quê?

— A que horas ele nasceu?

— Às seis e meia, horário da Áustria, que está adiantado uma hora em relação a Lisboa.

A banda voltou e eu sentia meus dedos tocando as cordas da guitarra. Eu era todos ali. E esse todo queria o mundo de volta, o mundo em que minha inteligência fosse valorizada. A última coisa de que me lembro — depois que recebi a mensagem de Txel, falando que estava na cidade idolátrica — é de dois seios brancos, reluzentes, colados ao meu rosto. A escuridão destacava ainda mais a brancura daquela mulher. Fiquei flutuando no branco macio de seus seios, subi e desci neles, sentia a pele inflada, fofa, meus pés se afundavam nela como se eu andasse sobre dunas recentemente formadas pelo vento. O cansaço tomava conta de meu corpo e, quando acordei sob a marquise de uma loja de roupas, amanhecia e pessoas passavam ao meu lado. Eu me ergui de meu travesseiro improvisado, a mala de rodinhas, com a mochila entre meus braços. Era apenas esse vazio que havia sobrado de uma noite em que me experimentei em delírio. A cabeça latejava e me vi sem sapatos. Veio a esmaecida recordação de tentar calçar os coturnos de um dos celebrantes do aniversário. Não devo ter conseguido e meus sapatos restaram no salão, que eu não sabia onde ficava. Com dificuldade, sentei-me, abri a mala e peguei um par de tênis e meias. Olhei para meus pés sujos e feridos, haviam andado muito até chegar ali, e os cobri com meias já usadas e calcei os tênis. Só então me lembrei do dinheiro. Enfiei a mão sob a calça e senti o volume reconfortante das notas dentro da barrigueira.

Não me tornara um andarilho, apesar da necessidade de me trocar na rua, em público.

Deixar Lisboa

Enfim, um despatriado. Deixara não meu país, mas a contemporaneidade. O verbo *deixar* é fraco. Eu fora expulso da contemporaneidade. Enxotado do agora, como um cão que pertence a outro espaço e é obrigado a farejar as ruas sujas da cidade.

Ao fazer essa comparação, passei no mesmo instante a sentir o odor de lodo do Tejo, um lodo que me devolvia às minhas excursões infantis de pesca nas margens do rio da Várzea. Meu pai me levava para o barranco do rio e me deixava cuidar dos peixes que ele ia desenroscando, de tempo em tempo, do anzol. Um deles — depois fiquei sabendo seu nome, um bagre —, que se mexia mais do que os outros na lata com água onde ficariam até a hora de irmos embora, me cativou. Era um peixe com um formato gordo e uma boca larga, quase humana. Na ignorância de meus nove anos, fui pegar o peixe para atirá-lo de volta ao rio, para que ele não destoasse dos demais com seu primitivismo assustador. E levei uma ferroada na mão. Comecei a gritar e a correr com o peixe meio engatado em minha pele, pendendo como se estivesse a sair de minha palma. Meu pai correu até mim e puxou o peixe para atirá-lo ao chão, onde ele ficou, a se debater num trilho. Enquanto eu olhava o desespero do bicho, meu pai abriu a braguilha e sacou o pau, imenso e murcho, para urinar em meu ferimento. O cheiro ácido da urina era tão terrível quanto o veneno do peixe.

A pescaria acabou naquele instante. Os amigos de meu pai também se aproximaram, recolheram as tralhas de pesca e enroscaram os peixes num galho descascado com uma faca de lâmina gasta. Um dos amigos pegou o peixe que estava coberto de terra e o enfiou no galho, pela boca, fazendo-o sair pela guelra. Estava morto meu inimigo. Segui assustado, no banco dianteiro da perua barulhenta de um dos pescadores, pela primeira vez a ocupar aquele lugar num carro. Eu me sentia adulto, alguém ferido num ato heroico, e permanecia com a mão afastada do resto do corpo, nauseado pelo cheiro de urina.

Fomos direto para o hospital e tomei injeções. A mão estava inchada. Talvez pelo ocorrido, para me alegrar, dessa vez não dividiram os peixes e meu pai ficou com todos. Em casa, depois de explicar o acidente para minha mãe, que se irritou com a irresponsabilidade do marido, ele levou a fieira em que trazia os frutos da pescaria para uma casinha nos fundos do quintal e limpou meticulosamente os peixes. À noite, retirou da travessa o mais gordo e pôs em meu prato. Era o bagre. Minha vingança seria comer com água na boca o bicho que me atacara. Não quero, falei. Coma para melhorar, vai ajudar a limpar o veneno que ainda está em você. Abri o peixe com o garfo, tirei umas lascas de carne e comi. Tinha gosto de barro, de lodo. Para engolir foi difícil. O pai me olhava. Enfiei mais uma quantidade daquela massa barrenta na boca, o pior peixe de minha vida, e logo estava correndo para o quintal, para cuspir o que crescera em minha boca.

Por dias senti a dor na palma da mão. O furo havia cicatrizado, o veneno sumira, mas a dor persistia. Sem perceber, eu ficava coçando o lugar da ferroada. E mesmo inconscientemente, anos depois, eu repetia o gesto gravado na memória. Ao sentir o cheiro de lodo do Tejo, lembrei-me do gosto de barro daquele bagre e cocei a mão.

Não era só o lodo que eu farejava. Havia um cheiro terrível de urina na cidade, estonteante por eu estar sentado na calçada, sem forças para me levantar, numa intimidade com o chão. Urina, lodo, comida azeda e bolor emanavam dos prédios centenários. A proximidade com a calçada aguçava meu olfato. Tinha de me levantar para que a cidade perdesse esse odor. Quando me ergui junto com a mochila, percebi o que tinha acontecido. Ela estava leve demais. Abri-a em desespero para ter certeza. Tinham levado meu computador. Olhei ao lado como se meu laptop estivesse jogado no chão. Intuitivamente, apalpei os bolsos da calça e notei que meu celular também havia sumido. Revirei a mochila e só encontrei os cadernos, as canetas e os livros.

Mentalmente, contei o dinheiro que sobrara. Não tinha o suficiente para comprar outros aparelhos, pois precisaria de cada cêntimo daqui para a frente. O pior é que perdera os originais de meu romance *Um endereço em Portugal*, obra que me custara tanto, em nome dela eu deixara uma profissão rentável, abandonara meu país, rompera com minha namorada e com meus pais. Para me consolar, refleti que a história é cheia de livros desaparecidos. Livros que tiveram de ser reescritos ou que nunca foram recuperados nem em sua ideia original. O meu poderia ser uma dessas obras inexistentes para os leitores. O ladrão de meu computador apagaria todos os arquivos, mandando para o nada as páginas escritas nesta estadia portuguesa. Minha imprudência foi não fazer uma cópia de segurança. E então afirmo, lá no futuro, no programa de literatura em que se entrevistam escritores de sucesso, que meu primeiro romance se perdeu em meus meses iniciais em Portugal, quando vagava por Lisboa sem lugar certo para dormir, a experimentar a queda como impulso para a redenção. O entrevistador pede detalhes sobre esse livro. Digo ser uma obra sobre a energia da literatura, uma viagem ficcional por espaços com ressonâncias estéticas. Uma rua referida num poema de Pessoa é mais marcante do que a falsa casa onde se cultua o poeta. Comer uma dobrada à moda do Porto em qualquer lugar do mundo era uma forma de conhecer o autor a partir de suas referências culinárias. Eu estava sendo entrevistado não pelo livro que acabara de lançar, mas pelo que irremediavelmente desaparecera. E que tivera apenas um leitor, o jovem escritor. Só ele sabia seu valor. Só ele conhecia toda a sua beleza, uma beleza que, mesmo apagada, me enchia de orgulho. Na entrevista, eu criava o livro que nunca fora publicado.

Perdera o celular e o laptop, mas ganhara a missão de reter a memória de minha primeira narrativa. Ter livros publicados ou guardados era algo comum. Muitos escritores possuíam listas de obras assim. Eu entraria para a história como o autor de um livro perdido, de uma obra apagada por uma mão criminosa. Como são menores os que apenas escrevem livros, livros bons ou nem tanto! Eu havia perdido meu primeiro e melhor romance, que ficaria como minha *magnum opus*.

Agora eu tinha de recomeçá-lo, mas já seria a sombra daquele que se perdera. Juntei minha mala de rodinhas e fui em busca de um trem. Tinha uma palavra em minha cabeça, *idolátrica*, parte do título de um livro mencionado por Txel em nossas conversas. Não receberia mais mensagens dela, agora só nos encontraríamos por acaso, numa confluência acidental de caminhos. Ao roubarem meu celular, afastaram-me definitivamente da única mulher que amei. O ladrão não sabe todas as coisas que levou. Comecei a desconfiar de que jamais voltaria ao Brasil. E nunca se é tão brasileiro quanto no exílio.

Na estação do Rossio, portar uma mala de rodinhas e uma mochila é algo banal. Estou indo visitar um amigo, eu disse a mim mesmo, quando, em meu íntimo, me perguntei o que fazia ali. Esse amigo me espera com um quarto onde poderei escrever. Ele passa quase todo o mês numa propriedade em Póvoa do Lanhoso. Deixou seu apartamento à minha disposição. Mesmo assim, na hora de comprar os bilhetes, senti remorso pelo gasto. Cada vez que me desfazia de uma nota de euro, eu ficava mais longe do Brasil. Ao menos tinha um destino. Foi com um passo falsamente seguro que subi no vagão e me acomodei em meu lugar, embora tenha levado um susto quando, num tranco, o comboio começou a se mover. Esperamos sempre uma tragédia. A explosão de uma bomba, um acidente entre duas máquinas ou um terremoto que vai destruir tudo, pois estamos em Lisboa.

Não se deixa Lisboa sem uma sensação de perda.

Nossa Senhora do Leite

Ninguém me esperava em Braga, a idolátrica, quando desci do comboio num imenso barracão industrial para seguir sozinho até a estação histórica que parecia ficar dentro dele. O transporte moderno terminava no edifício restaurado, o que me deixou com uma experiência de fronteira temporal. A mala de rodinhas cantou no piso de concreto, entre dois trens, e cheguei à ala antiga como um passageiro de outra era que desembarcasse numa idade errada. Olhei para todos os lados à procura de meu amigo, deixando-me ficar num dos bancos da estação por trinta minutos em que a espera me consumia as certezas. Definitivamente, ele havia se esquecido de nosso encontro. A mente do escritor faz uma confusão entre situações imaginadas e realidade. Tudo se comunica em nosso interior. O amigo que criei como projeto de hospitalidade em Braga existe tão forte em mim que não conseguia aceitar que ele não estivesse na estação. Se ele não havia sido fiel à amizade, eu não mudaria meus planos.

Sem celular para solicitar um carro pelo aplicativo, peguei um táxi para a Sé. Eu usava uma expressão que era, no início, todo o meu contato com a antiga capital norte do Império Romano, a Bracara Augusta. Talvez tenha vindo até aqui só para experimentar a expressão *Mais velho do que a Sé de Braga*. Depois eu descobriria que o minhoto troca o som do *v* pelo do *b*, criando uma aliteração: *Mais belho do que a Sé de Braga*. Foi o taxista quem me explicou. Ao contrário dos motoristas de aplicativo, a maioria dos taxistas é portuguesa, e pude conversar com ele no curto trajeto, descobrindo que o ditado vem do fato de a igreja ser a primeira arquidiocese de Portugal. Estava entrando na terra dos padres, como eu já sabia depois de ter lido um dos textos desbocados e autobiográficos (em que ele aparece com o nome próprio) de Luiz Pacheco: *O libertino passeia por Braga, a idolátrica, o seu esplendor*. O amigo que eu esperava talvez fosse esse inclassificável Pacheco, que gastara uns poucos dias de outubro de 1961 para desafiar a cidade mais católica do país, desfilando por ela sua libertinagem polissexual. Onde mais se reprime o sexo, mais a sexualidade explode. O taxista me deixou na praça da Sé, com sua imagem antiga e imponente no extremo de um retângulo margeado por prédios em ruínas e outros restaurados. Lá estava a igreja, a me esperar desde sua fundação em 1089. Arrastei uns duzentos metros a mala de rodinhas e, ao chegar diante da igreja, os sinos começaram a tocar. Aqueles sinos dobravam para marcar minha presença. Não precisava de um anfitrião. A Sé me dava as boas-vindas com seus metais antigos. Um vendedor me ofereceu ingresso para a visita, mas recusei. A aproximação tinha de ser lenta, cuidadosa. Naquele momento, prevendo a falta de dinheiro, eu começava a perceber que viajara para me perder, para nunca mais ter um lugar meu, para percorrer espaços desconhecidos. Nesse projeto, eu teria tempo para criar familiaridade com a Sé. Iria apenas contornar o edifício. Fiz isso despertando o barulho dos velhos paralelepípedos de granito com minha mala.

Na via dos fundos, uma imagem incrustada na parede me chamou a atenção. Uma Nossa Senhora dando o seio a um menino Jesus guloso. Fiquei admirando a escultura, os olhos cravados nos seios apetitosos da santa. Uma ereção começou a se manifestar contra minha vontade. Na cidade idolátrica, o sexo é uma forma de adoração?

Nesse momento, um grupo de turistas virou a esquina. Resolvi não sair e esperar que partissem em busca de mais uma sessão fotográfica. Mas, depois de um pequeno tumulto, uma mulher que identifiquei como guia começou a falar em português — era um grupo de brasileiros, todos meio idosos, que faziam uma viagem pelos santuários, a crer nas faces beatas.

— Esta imagem de Nossa Senhora do Leite é uma réplica, uma bela réplica, a original fica no Tesouro-Museu da Sé e foi esculpida por Nicolau de Chanterene, em 1519, para representar a fertilidade. Esse tipo de imagem não é comum, pois nos sentimos constrangidos com a nudez de Nossa Senhora.

— Nossa Senhora de topless — comentou um dos velhos, mas ninguém riu, e a mulher que devia ser sua esposa o repreendeu com um olhar severo.

— Aqui, na rua de trás, ela chama menos atenção. Mesmo pequena, poderia servir a adorações erradas. Pertence a uma época em que tínhamos pudor e inocência. Os costumes modernos, que nos perverteram, exigem que cubramos com um manto imaginário o corpo de Nossa Mãe e vejamos apenas o ato materno de alimentar. Peço que não tirem fotos.

— *No fotos! No pictures!* — disse o mesmo velhinho, em tom zombeteiro.

Sem perguntar se havia mais alguma questão e contrariada com o chiste, a guia conduziu o grupo à parede do lado leste da Sé, onde havia duas pedras com inscrições latinas. Eu os segui mudo, para não criar intimidades.

— Essas pedras pertenciam a um templo dedicado à deusa egípcia Ísis, localizado neste mesmo local desde o século II. Os templos eram desfeitos e suas pedras se usavam para a construção das igrejas. Então, muito do material da Sé veio desse desmanche, tal como podemos ver aqui. O interessante é que Ísis, mãe do deus Hórus, está relacionada à fertilidade. Podemos dizer que esta igreja representa duplamente a fartura, numa imagem cristã que se sobrepôs à pagã.

Ninguém fotografou as inscrições estrangeiras, ainda em respeito à mãe que amamentava o filho, e todos seguiram para a próxima informação que seria logo esquecida. O velhinho desabusado me olhou com uma expressão marota. Também devia ter se excitado com a imagem.

Voltei para perto dela e, por uns minutos, fitei seus seios de moça, ainda duros e erguidos pela produção de leite. Terminei o passeio em torno da igreja na porta principal. E novamente os sinos tocaram, anunciando o fim da primeira excursão. Como precisava achar um endereço provisório, desci a rua Dom Paio Mendes até um sobrado com um bar no térreo, na porta 59, e uma placa de hostel na 57. Quando ia tocar a campainha, uma mulher muito magra chegou atrás de mim.

— O senhor tem reserva? Não estava a esperar cliente.

Trazia uma sacola de compras na mão.

— Não fiz reserva.

— Ah, esses brasileiros — ela brincou. — Vinde que tenho ainda um quarto a vos aguardar. O senhor deve se considerar um gajo de sorte.

A sorte não era tanta assim. Ela me passou os valores, bem mais altos do que eu havia pagado até então, mas as acomodações eram ótimas. Eu estaria protegido por quatro noites. Quitei tudo para mostrar minha gratidão.

A primeira coisa que fiz foi tomar um banho longo. Devia

procurar uma lavanderia. Minhas roupas estavam amarrotadas e sujas. Lavei cuecas e meias na banheira, e me deitei pelado, pensando nos seios durinhos de Nossa Senhora. Não tive como me conter e em pouco tempo estava aliviado, sem sentir o menor remorso, para em seguida dormir como um bebê bem alimentado.

A cueca estava ainda úmida quando acordei no começo da noite e a vesti. Com minhas roupas empoeiradas, desci até o restaurante no térreo. Sentei-me a uma mesa de madeira, rústica, na parte interna, e logo uma jovem de medidas fartas veio me atender. Era minha Nossa Senhora do Leite. Pedi bifanas e uma garrafa de vinho Duas Pedras, passando mais de uma hora a contemplar a moça que servia os clientes.

Já bêbado, paguei a conta na mesa, pegando cada moeda do troco como quem cata feijões. Tinha de economizar daqui para a frente até que fosse contratado para filmar um roteiro de viagem a Portugal, era meu novo plano. Por hora, queria me afundar nos seios da garçonete. Peguei o guardanapo, abri, e escrevi com a caneta que tenho sempre no bolso do blazer: quero lamber-vos. Enfiei no meio uma nota de vinte euros e entreguei-lhe quando passou por mim. Havia tomado o cuidado de deixar o dinheiro à mostra. Ela foi até o caixa e então abriu meu correio elegante, com a mais sincera declaração de amor que um homem pode fazer. Não ergueu os olhos para mim o resto do tempo em que estive ali, e outra moça passou a atender os clientes enquanto ela ficava atrás do balcão, como numa trincheira, protegida do perigoso inimigo e ao mesmo tempo tentada pela origem daquela cédula. Haveria outras de onde viera aquela? Eu também me fazia essa pergunta. E ainda outra: até quando continuariam saindo notas de euros de minha barrigueira?

O perigoso inimigo latejava sob minha calça quando me

levantei para subir os degraus do hostel e dormir com a imagem iluminada de uma jovem a me amamentar. Todas as mulheres desejáveis eram Nossas Senhoras do Leite, escorrendo seu líquido generosamente em nossas bocas pecadoras e sedentas.

O coiso

Depois de ter deixado uma sacola com minhas roupas numa lavanderia, com a sensação de ter sido assaltado ao lembrar da mala vazia sobre a cama, fui tomar café n'A Brasileira, na rua do Souto, esquina com a rua de São Marcos. Ali, casais idosos ficavam horas ao redor de uma xícara de expresso, ensinando-nos paciência e tédio, sem nenhum projeto a não ser o de sorver aquele líquido vindo de terras que já foram parte do Império. Homens e mulheres tristes, com roupas formais, um ou outro turista, os garçons sem muito o que fazer nesta hora porque, depois do pedido, os clientes se tornavam estátuas melancólicas, olhos perdidos no nada, a xícara como testemunha da desolação. Passei boa parte da manhã ali com eles, fumadores desse ópio que é o passado. Evitava conhecer monumentos, num turismo estático. Segundo Txel, o melhor de tudo numa viagem era estar, misturar-se, confundir-se, não perguntar, não procurar. Eu gastava meu segundo dia em Braga naquele café antigo, sem mover muito a cabeça para os lados, indiferente a tudo que acontecia na principal rua do centro histórico. E já era quase um dos velhos ancorados à margem do tempo.

Só me levantei perto do almoço, quando mudou a clientela, pois chegavam turistas em busca de algo rápido para comer. Ao lado, visível pela janela, ficava uma pequena barbearia, a Vasconcelos, na rua de São Marcos. O movimento contínuo me chamou a atenção. Cruzei a via pedonal e entrei na única porta. Era um corredor, com três cadeiras e um banco de espera encostado na parede contrária aos espelhos.

— O senhor faz o favor de se sentar — disse-me um velho, com o uniforme de barbeiro.

Depois de me acomodar, ele me cobriu com uma capa preta e me trouxe o jornal, falando que haveria jogo do Braga FC esta semana, numa intimidade de cliente antigo. Não perguntou o que eu queria fazer. Passou a máquina zero em minha cabeça, tosando os fios crescidos nesses dias portugueses, e depois lambuzou tudo de creme de barbear e veio com uma navalha raspando meu crânio, enquanto conversava com os outros barbeiros. Numa das cadeiras, um italiano perguntava coisas sobre a barbearia. O rapaz disse que ela funcionava havia mais de cem anos ali, sempre na família, e que eram conhecidos como a melhor barbearia de Portugal. Eu preferia o silêncio. Ficar quieto me livrava de minhas invenções.

Depois de massagear com um creme refrescante minha cabeça, o senhor, que não parava de falar com os outros barbeiros, com os clientes e também com pessoas do comércio da rua de São Marcos que entravam por um minuto, começou a aparar minha barba imensa e loira, com um cuidado de amante.

Soube que havia terminado quando retirou a capa. Minha cabeça voltara a ser reluzente. Até então, não tínhamos trocado nem uma palavra. Só ele falara. Entre tantas coisas, contara-me das mudanças no time do Braga, com um entusiasmo que me encantava. Tudo que eu dissesse estragaria aquela sintonia. Enfiei a mão no bolso, tirei a carteira e ele falou o valor, dez euros, que paguei com alegria.

— Até a semana que vem — ele me disse, sem me estender a mão em despedida.

Enquanto saía, ouvi alguém dizer no interior da barbearia: *Rua do Souto, passeio dos bobos*, acho que se referindo a mim, porque foi por essa rua que segui, para descer ao meu hostel e ao restaurante da noite anterior. Passei por lojas, prédios baixos e antigos e por um pedinte ajoelhado sobre uma almofada, com a roupa mais limpa do que a minha. Ele havia colocado um chapéu no chão e despejava nele algumas moedas e uma nota de cinco euros. Na frente do chapéu, arrumou um papelão com uma frase escrita a pincel. *Sou um trabalhador e estou desempregado há quatro anos, por isso imploro vossa ajuda.* Parei para ler e ele assumiu uma posição de estátua, sem me notar, olhos no chão. Depositei uma moeda de cinquenta cêntimos e continuei uma caminhada rotineira por aquela rua, embora fosse a primeira vez que descesse por ela. Na cidade idolátrica, os pedintes trabalhavam ajoelhados, em reverência.

Já próximo da Sé, no lado esquerdo, uma montra me fisgou. Várias garrafas com formatos de pênis estavam expostas na Casa das Bananas. Braga já não era mais a mesma. Não resisti a essa insinuação, que tomei como literária. No texto de Pacheco, quando ele está sem dinheiro e com muito tesão, hospedado de favor e fumando fiado na Pensão Oliveira, no Campo da Vinha, e depois de tentar seduzir uma rapariga que ele segue pelas ruas, acaba num passeio com um milico a quem propõe felação. Seu insucesso vem da falta de lastro financeiro. Não consegue nem mesmo chupar o soldado que fazia programas. E essa solidão sexual, apesar de sua condição de Eros onívoro, o torna um pedinte na cidade extremamente católica, mas ele nunca se ajoelha para ninguém, com uma altivez mesmo ao tratar de temas tão incômodos.

Ao entrar na Casa das Bananas, há uma área inicial para turistas, com venda de brindes e bebidas. Nos fundos, um bar escuro que me atraiu como se eu conhecesse o lugar. Um senhor obscenamente gordo estava atrás do balcão em L, com bancos altos. Eu me sentei no canto. Um cheiro azedo imperava naquele ambiente destinado aos que desejavam apenas beber. Um senhor, no meio do balcão, pediu mais uma bebida. Eu não sabia o que continha o seu copinho. O atendente me olhou enquanto lhe servia um vinho espesso. Fiz um gesto afirmativo com a cabeça. Ele retirou da parte de baixo do balcão um copo e me serviu também.

— O senhor sabe o que é bom. Este moscatel roxo, de Setúbal, é para poucos.

De fato, o vinho era saborosíssimo. Sorvi em pequenos goles e logo me lembrei de uma passagem de O crime do padre Amaro, quando o cônego Dias pede para sua amante um pouco mais de vinho do Porto. E repeti a frase.

— Só mais duas gotinhas, por favor.

E meu copo foi enchido até transbordar. Abaixei a boca sobre ele e chupei um tantinho daquele líquido, sentindo seu frescor adocicado se espalhar por minhas papilas. Só depois ergui o copo até os lábios e os molhei sovinamente. Não havia pressa, eu não tinha o que fazer nem para onde ir. Estava experimentando tudo em pequenas quantidades.

Meu ritual de lenta embriaguez foi interrompido por um grupo de franceses, que deve ter descoberto a Casa das Bananas em algum site de viagem, pois chegou fazendo algazarra, pronto para todas as diversões. Uma das turistas — a maioria era mulher —, que falava português e estava com uma garrafa fálica na mão, para presente, perguntou de onde vinha essa tradição.

— São coisas antigas lá das Caldas. Caldas da Rainha, onde se faz uma cerâmica de culto fálico — respondeu o balconista.

Ela traduz para o francês, e surgem comentários que não entendo. Mas me lembro de uma frase de Pacheco: *Vontade de pecar: vontade de viver.*

— É uma crítica ao catolicismo? — perguntou a intérprete.
— Remonta aos tempos antigos. Faz parte dos ritos de fertilidade, da força da vida contra os símbolos da morte. São provavelmente de origem pagã ou medieval.
Estávamos a poucos metros da Sé, onde Nossa Senhora mostrava os seios a quem olhasse para ela. Vida. Fertilidade. Sexo. Leite. Esperma. O vinho ou a aguardente velha como o leite dos pornógrafos que todos ali éramos, sem pudor. Houve risos depois que ela comentou aquilo com os demais. Luiz Pacheco morara em Caldas da Rainha e havia uma força fálica, desabusada, em sua literatura. O sexo como pulsão mística para existir, principalmente em uma época de perseguição moralista por parte da PIDE. E Braga era para ele a imagem deste país oficial, religioso, que devia ser combatido com a busca de prazer em todos os lugares. Não entendi o que a francesa havia acabado de perguntar, mas acompanhei a resposta.
— Por muito tempo, esta cultura ficou escondida, e mesmo agora há aí uns gajos que acham escandalosa essa tradição popular da garrafa das Caldas. O falo foi assim chamado por muito tempo. Também chamavam de "o coiso das Caldas", ou só "o das Caldas".
— Isso vai ser difícil de traduzir — ela se queixou, rindo.
— Peça para que prestem atenção no último banco — ele falou e foi para lá, mas ainda atrás do balcão. A moça conversou com o grupo, que também se encaminhou para aquela parte do bar. Todos olhavam para um assento diferente dos demais. E depois de um barulho brusco de algo se abrindo, explodem gritos, gestos de surpresa, comentários alegres. Um imenso caralho de madeira surgira do centro do banco. O senhor puxara uma corda para fazer o pênis subir, e os franceses ficaram uns minutos comentando o episódio de fertilidade que haviam presenciado.

Com certeza, aqueles homens e mulheres transariam mais e melhor depois dessa experiência e de um cálice da garrafa das Caldas.

Foram para o balcão da frente e pegaram mais produtos, pagaram e saíram numa algaravia de vozes e risos pela rua do Souto. O silêncio que se instalou no bar foi quebrado pelo outro cliente que pedia a conta. Eu fiz o mesmo. Dei uma nota de cinco euros e recebi uma moeda por troco. Poderia deixar de gorjeta, mas continuava sovina.

Passei pelos fundos da Sé para rever os seios de Nossa Senhora, que permanecia plácida em seu trabalho de amamentação, e ouvi os sinos anunciarem meio-dia. Logo estava no restaurante, na mesma mesa, pedindo o menu para a mesma garçonete, que me recebeu sem temor, talvez porque fosse dia e ela se sentisse confiante diante do tarado que, por enquanto, sem estar propriamente bêbado, não apresentava risco de indecência, em atos ou palavras. O cheiro da comida me fez bem. Queria uma refeição calma, bem mastigada, em que identificasse cada sabor. A jovem logo me serviu o prato e nem olhei para ela que, durante todo o tempo, ia para fora e voltava ao balcão, mesmo não tendo clientes novos. Estufava os seios, mas eu estava muito concentrado na refeição.

Assim que terminei o almoço, dispensando o café, pedi a conta e não deixei gorjeta. Saí com passos trôpegos, rumo ao meu quarto de solteiro, onde me entenderia comigo mesmo, mais uma vez sozinho com o coiso.

Nu no inferno

Quando você identifica um padrão, ele passa a ser recorrente. Seus olhos ficam mais atentos, sua sensibilidade permanece em alerta e as próprias coisas se reconhecem em você, criando uma intimidade imediata e arriscada. No final da tarde, por recomendação da empregada do hostel, Maria José, fui experimentar o doce típico da cidade. Desci mais algumas quadras, até a Porta Nova, cruzei a fronteira da antiga muralha, cujos restos devem servir como paredes das edificações erguidas em sua linha, e cheguei à pastelaria Tíbias de Braga. Ao olhar a montra, com dezenas de doces, um me fitou maliciosamente. Era a tíbia clássica, recheada de creme, coberta com açúcar fino. Pelo formato e pelos ingredientes, tudo muito suspeito. A referência ao osso serve para disfarçar o formato fálico, que dialoga com o mito da fertilidade?

Talvez em homenagem à broche sem sucesso daquele terrível Pacheco, pedi uma tíbia e um café. Em vez de cortá-la em pedaços, com os talheres que a acompanharam, segui o exemplo de uma senhora da mesa ao lado. Ela segurou com um guardanapo de papel aquela massa de profiteroles, em formato de caralho, com as bolas numa das extremidades, e mordeu a ponta, fazendo o creme vazar entre os lábios. Como provocação, fiz o mesmo e depois lambi os beiços e limpei os cantos da barba. Ela se sentiu constrangida pelo ridículo da cena que eu imitava e devolveu o doce ao prato, para usar decentemente os talheres. Continuei a mordiscar o doce cremoso, bebendo pequenos goles de café.

Minha vizinha de mesa pagou a conta e saiu sem olhar para mim, o que poderia ser um convite para segui-la ou uma decepção, como se eu insinuasse, com meus modos bandalhos de comer, que gostávamos da mesma coisa. Cidade de padres, cidade de chupadores. Talvez esse fosse o sentido para além da experiência autobiográfica de Pacheco, um registro das forças eróticas que eletrizavam tudo. Pacheco provocava o clero? Eu continuava a "viagem digna de um Libertino nos domingos sonolentos de Braga". Era outra a cidade, com uma liberação geral. Claro que essas análises de O libertino passeia por Braga, a idolátrica, o seu esplendor só podiam ser obtidas por quem vivesse um pouco ali, em meio à coleção de igrejas, com suas estátuas e memoriais com nomes religiosos. Eu me encontrava na cidade para ler melhor essas poucas páginas de Pacheco. Minha estadia não estava a serviço de um conhecimento histórico ou religioso. Não subiria as escadarias de Bom Jesus. Não visitaria Sameiro nem Tibães. Não entraria na Sé. Apenas me perderia na urbe pecadora, colecionando experiências que me ajudassem a entender o desejo de um autor que hoje sofreria o linchamento nas redes sociais. Seu interesse sexual buscava atingir o coração político de Braga durante a ditadura de Salazar. O pecado como forma de resistir à oficialização do país. Porque "foder dá vontade de foder (mais)", e o escritor faz dessa peregrinação precária e pecaminosa uma afirmação da vida. Aquelas tíbias eram pinchas loiras, meu poeta. E eu abocanhei uma em sua homenagem. Não era uma vontade minha, apenas uma forma de me aproximar de seu livro, de ser quem você havia sido. Dentadinhas em público, para escândalo da senhora que queria me seduzir.

Paguei a conta e saí. A noite começava a se aproximar, embora nem todos os postes estivessem acesos. Quando eu passava por baixo de um dos retardatários, este se iluminava, acionado por alguma força que eu trazia comigo, fenômeno que poderia ser também místico, o homem primitivo despertando seus poderes mediúnicos no estrangeiro.

Mais um poste se acendeu à minha passagem e, ao parar em frente à Sé, os sinos tocaram. Tudo isso estava me embaralhando os sentidos e eu já não me reconhecia em minhas lembranças. Segui sem rumo, desnorteado por tais episódios, virando ao acaso por esquinas, fugindo daquilo que me aumentava. Não olhava mais os postes, com medo de que fossem misteriosamente acesos à minha presença, temendo o homem em que estava me transformando. Nessa fuga pela cidade de mais de dois mil anos, eu não enxergava as pessoas, pontos coloridos que se desmanchavam em minha visão, como se escorressem, iguais a tintas ralas. Numa parede, não sei em qual rua, identifiquei uma inscrição.

No amor
assim como
nu no inferno

Quem assinava era o Homem Mudo. Ele exprimia minha condição. Bêbado sem beber, flutuando com pés inconscientes, cheguei à igreja de San Paolo, na praça de St. Paul. Os sinos imediatamente repicaram e um poste de luz, até então apagado, começou a brilhar. Eu era o motor das coisas? Cheguei ao centro da praça e vi a estátua de bronze de um padre, com o báculo que lembrava um cajado de pastor, mas muito maior. Eu encontraria um poema inscrito no pedestal? Ao me aproximar, pude ler: *d. João Peculiar, arcebispo de Braga, conselheiro do primeiro rei de Portugal.* Ali tudo era primeiro. O início da pátria. Essas coisas.

Então ergui os olhos para o báculo e encontrei em seu extremo um imenso caralho em posição de repouso, cabeçudo como um cogumelo, inclinado para o chão. A idolátrica se rendia ao culto da infertilidade, pois aquele pênis estampava a impotência própria da idade e do grupo de dignitários que comandaram o país. O coiso das Caldas deixara a camada popular e acabava na mão de uma autoridade eclesiástica. Em vez de simbolizar a fé e a autoridade pastoral, o báculo punha em cena a sexualidade constrangida.

Passei pela Arcada, na praça da República, para ouvir os sinos da Igreja da Lapa, e segui a caminho do cemitério em São Vicente, já na periferia do centro histórico. Continuava me sentindo maior do que era. Na Arcada, o Libertino passeara seu esplendor e encontrara o soldado a quem seduziria.

Nas imediações da igreja São Vicente, vi um jovem parado, fumando, com um dos pés e as costas apoiados na parede de granito do edifício religioso. Eu conhecia tal disponibilidade.

— Você tem um cigarro? — perguntei.

Ele me estendeu o maço, com um movimento brusco para a frente, o que fez com que alguns cigarros tivessem a parte do filtro expelidas. Puxei um deles e enfiei na boca, prendendo com os dentes. O outro tirou o fósforo, acendeu com as mãos em concha e o levou até meu cigarro, depois deixou o palito cair, ainda em chamas, e alisou minha barba, iluminada provavelmente pela brasa crescida por minha sucção.

— Tendes um rosto giro — falou.

Melhor já ir para o propósito daquela abordagem, um libertino não desperdiça palavras.

— Quanto a broche?

— Só a broche, vinte euros.

A leitura dos textos malditos nos expõe a experiências que jamais teríamos em outras circunstâncias. Eu não queria me afastar muito da obra. Das palavras aos seres.

Eu tinha umas poucas notas no bolso, para as necessidades mais urgentes.

— Onde poderia ser? — perguntei.

— Ali — ele apontou para um canto escuro do pátio, onde havia alguns carros de moradores. Era uma zona propícia para um desejo urgente.

Seguimos juntos, ombros colados, até aquele ponto protegido. Ele se encostou na porta de um carro, notei que era um modelo francês antigo, enquanto eu me ajoelhava, jogando longe o cigarro. Comecei meu trabalho, notando que aquilo crescia, então ele me segurou pelo nariz, interrompendo minha respiração, e foi aos poucos aprofundando-se em mim, até eu ficar sem respiração. Quando me soltou, fez movimentos cadenciados, me obrigando a babar. Logo ele finalizava, no momento em que os sinos de S. Vicente começaram a tocar.

Cuspi o visgo que ficara na língua, limpando os lábios na manga de minha camisa, e me ergui tranquilamente. Tirei duas notas de dez e passei ao rapaz, que se tornara de novo um estranho. Depois de se despedir, seguiu para um bairro qualquer e eu voltei ao hostel. Havia terminado de ler o livro de Pacheco.

O sono nos devolve, na manhã seguinte, a nós mesmos. Acordei com o sol batendo na cama, pois deixara a janela aberta, e com um barulho de pessoas falando outro idioma no quarto ao lado. Logo a voz de Maria José soou.

— Ainda estais a dormir?

— Não, pode entrar — eu deixava a porta destrancada, pois nada tinha para ser roubado.

Ela se assustou com minha nudez. Quis recuar, mas eu pedi para que descansasse comigo. Não protestou, mas também não aceitou. Desde o primeiro dia, estava muito atento à menina, falei. Ora, não sou dessas coisas, disse, fechando a porta, para que ninguém me flagrasse assim. Pedi para que se despisse e ela alegou estar em serviço, tinha os quartos todos para limpar. Não dei atenção aos seus argumentos, apenas me levantei e me aproximei dela, para beijar aquela boca de lábios finos, com cheiro de cigarro.

Acabamos na cama, ela era dona de um sexo peludo, quase nenhuma curva e pouca gordura. Em pé, de costas para mim, enquanto deixava caírem as peças do uniforme, parecia uma figura masculina.

Ao final, rapidamente saciados, ela já vestida, me perguntou para onde eu iria — com o fim da estadia, eu tinha de deixar o quarto quanto antes.

— Nunca sei ao certo.

— Se quiser ir para a minha casa — ela ofereceu.

Depois de um banho, arrumei minha mala, enquanto Maria José limpava os quartos, cantando músicas de sua aldeia.

Partículas de estrelas

Agora eu pegava um ônibus à noite para o centro histórico, muito depois de Maria José ter ido ao trabalho, onde cumpriria uma jornada de dez horas. Em seu minúsculo apartamento de bairro, nossas roupas ocupavam o mesmo armário. Estavam limpas, passadas e eu enfim me alimentava com regularidade. No final da tarde, ia ao mercado e comprava pizzas prontas, que ela incrementava com cebolas caramelizadas, queijos, azeitonas e outras coisas, abríamos um vinho barato em nosso jantar de casal sem filhos. Desde que havia saído da casa de meus pais, por conflitos com eles, era a primeira vez que contava com uma vida familiar. Nunca nutri sequer curiosidade em relação ao corpo de Maria José, minha mulher-menino, e estava ali totalmente subjugado a ela, com sessões matinais de sexo que, se não me entusiasmavam, também não me entediavam, achava até bom, principalmente quando a pegava por trás, contemplando suas nádegas mínimas.

Descia na avenida Senhora a Branca, para começar minha procura. Minha companheira não entendia esse interesse, e queria me mostrar a cidade. Não me movo pela beleza, respondi de forma rude. Ela ficava sozinha, imaginando noitadas pelo centro, e se conformava com as ausências. Quando ela quis saber o que eu viera fazer em Portugal, recusei-me a inventar qualquer história, sequer respondi. Eu apenas estava ali. Não tinha mais um porquê.

Desde meu encontro com a inscrição poética do Homem Mudo, fora atraído por seu trabalho anônimo. Eu também treinava silêncio agora, falando só o necessário com as pessoas. Depois de uma existência de vendedor e mentiroso literário (não, ainda não era escritor), a mudez me concedia alguma verdade existencial. Se quando falava muito não consegui escrever nada, ao me calar talvez pudesse chegar a um livro, a uns poucos poemas.

Caminhava em horas ermas pelo centro. Nesse período, a cidade começava a se encher de turistas, mas ainda não havia grande movimentação. Eu ia descobrindo outros poemas do autor. E tomava nota mentalmente, depois de decorar o texto que sujava fachadas imponentes.

Na Braga barroca, tudo era história, pois andamos numa exposição a céu aberto. O turista passa pelos edifícios erguendo os olhos para eles e depois vai em busca da informação. Lê sobre o arquiteto, o estilo, a data, quem mandou construir, essas merdas todas. São edifícios com etiquetas, em que o peso da civilização não deixa que tenhamos uma visão livre dele. Para cada prédio, uma narrativa oficial que justifique o tempo que estamos perdendo ali. No começo, ainda lia as placas informativas, depois fui perdendo o interesse. Preferia o prédio anônimo, sem saber nada sobre uma igreja, e muitas vezes era uma fachada solitária de casa, em ruínas, que me encantava. Estava ignorando os dois mil anos da cidade em nome da sujeira do agora.

Por isso me fascinava o trabalho do Homem Mudo. Ele nunca poderia se revelar sem ser processado por danos ao patrimônio. Essa escrita nas fachadas era a única oportunidade de risco a um escritor em países democráticos, e isso também servia como motivo para conviver de perto com o artista revoltado com a monumentalidade urbana.

O novo intérprete da cidade não tem face, e isso é sua liberdade. De tanto querer ser lembrada, a urbe se perdia num mar de textos sérios, pouco lidos e menos ainda compreendidos, até este jovem começar a pichar versos adolescentes.

A partir de determinado momento, comecei a andar com um spray de tinta vermelha no bolso do blazer. Queria coragem para também rabiscar as paredes, mas tudo que fiz, na primeira noite, foi tingir o cajado de dom Peculiar. E isso logo viraria manchete no *Diário do Minho*: "Estátua do arcebispo sofre novo vandalismo". Vi a manchete por acaso, quando passava pela banca de jornal da Arcada. Comprei-o e li a matéria que listava os vários constrangimentos sofridos pela estátua e o fato de ela envergonhar a cidade pela interpretação maliciosa do báculo. A repercussão de meu ato me inibiu por uns dias, em que apenas vaguei de forma turística, tentando encontrar o autor dos poemas.

Certa noite, cheguei perto do melhor texto dele, uma declaração de amor, e fiquei longamente a contemplar e a pensar nas vezes em que, apaixonado, olhei o firmamento.

Os olhos são feitos
de partículas de estrelas
que nos lembram que
o céu existe

Escrevi a palavra *Txel*, em tinta vermelha, sob o poema. Temos de vincular todo texto a uma experiência pessoal, para grudá-lo em nossa memória. Esse poema pertencia à minha amada que, mesmo distante, perdida talvez para sempre, estava ali em meus olhos. Era por causa dela que eu ainda permanecia em Portugal? Ou porque não tinha para onde ir? Seguiria em frente, ao encontro do local onde ela pudesse estar.

Nas noites seguintes, fiquei até mais tarde, tomando moscatel em bares para boêmios, para depois fazer adulterações em outros poemas. Como todo escritor, o Homem Mudo devia cuidar de seus originais, visitando-os todo dia. Observaria, incógnito, a leitura pública. E provavelmente cultivava alguma relação com o meio jornalístico, por isso passei a ler o *Diário do Minho*. E logo surgiu um artigo não assinado, em que se reclamava que os poemas do Homem Mudo estavam sofrendo pichações. Isso me divertiu. Era uma defesa da arte, do direito de expressar-se, e uma crítica a quem, no caso eu, se manifestava em paralelo ou de forma crítica em relação ao texto. O artigo lembrava que o Homem Mudo era a maior riqueza literária da Braga jovem, por misturar performance e poesia. E citava um dos poemas aforísticos: "Sexualizem a eloquência".

Comecei então a escrever palavrões nas paredes, ao lado dos versos líricos. A qualquer momento me defrontaria com o poeta e teríamos uma discussão violenta sobre o papel da escrita. Antes de começar esses atos, eu bebia muito, para ganhar coragem.

Nos bares, as pessoas tentavam conversar comigo, mas eu emudecera. Não queria mais falar, com medo das histórias que criaria. Quando insistiam, repetia uma frase do poeta que eu perseguia. Numa das vezes, um bêbado achou que eu estava com provocação e quis brigar, daí tirei uma nota do bolso e paguei a cerveja dele.

Em uma noite, na rua do Janes, ouvi um grito.

— Ei, o que fazeis aí?

Olhei para a esquina e vi um jovem musculoso. Não sei se seria o poeta.

— Arrumo esta merda — respondi.

— Vou ensinar-vos como se arrumam as coisas — ele revidou e veio para o meu lado. Percebi que não tinha nada para me defender, então esperei o agressor se aproximar e espirrei tinta nele. Mesmo fechando os olhos para se proteger, alcançou minha boca com um murro. Dois dentes ficaram pendurados em minha gengiva, mas só vi isso mais tarde, pois fugi do local, enquanto o talvez poeta tentava limpar os olhos e enxergar de novo.

Andei sem rumo pela noite, com a boca sangrando, depois de desprender de vez os dentes atingidos. Nas imediações do Centro de Camionagem, um bêbado meio acampado num canteiro me chamou e me ofereceu vinho. Ele bebia direto da garrafa. Sentado ao seu lado, como forma de camaradagem, enchi a boca, fiz um gargarejo, e engoli. Fui devolver a garrafa, mas ele não aceitou, convidando-me a mais um gole e mostrando outra, cheia, em meio a suas coisas. Fiz o gosto dele. Quando estava tão bêbado quanto meu companheiro, olhei para o céu. Dormiria ali, ao relento. E me lembrei de um verso do Homem Mudo: "A minha casa é da cor das estrelas".

Há leituras que nos destroem; outras nos acolhem.

O que levar numa viagem

No fim da manhã do dia seguinte, quando voltei com remorso ao apartamento de Maria José, a porta estava interditada. Ela trocara a fechadura antes de sair, provavelmente chegando atrasada ao serviço e tendo descontadas aquelas horas. Se ela reclamasse comigo, eu diria que o amor dá prejuízo. Quem quer economizar, que fique sozinho e faça do próprio corpo objeto de prazer, no caso dela um corpo pouco interessante aos outros, por isso devia antes de mais nada me agradecer pelas sinfonias que tirei daqueles instrumentos ressecados. Poderia dizer mais algumas verdades. Que ela não tinha a menor noção do homem que eu era, um artista, você está entendendo?, um artista que em pouco tempo ganhará os mais importantes prêmios. Eu estava de novo dentro de minhas ficções. Só porque tive de trabalhar até mais tarde numa pesquisa sociológica, você toma uma atitude dessas?, eu diria. Por que trocar a fechadura, tomando-me por ladrão? Como confiar nas mulheres, essas grandes castradoras? Jurei a mim mesmo nunca mais perder tempo com o amor, numa dedicação total a quem, ao menor pretexto, por uma noite fora de casa, me expulsava do lar que construímos juntos, sem sequer devolver minhas roupas. Esse direito nunca foi negado nem aos piores cafajestes, pois a roupa é o próprio marido pródigo. Maria José se prevalecia do fato de eu ser estrangeiro.

Fiquei um tempo remoendo esse mesmo raciocínio, enquanto esperava sua volta. Não toquei a campainha, mas colei o ouvido na porta para identificar os sons de quem talvez estivesse lá dentro, chorando. Uma vizinha com quem havia conversado algumas vezes passou por mim e perguntou se eu estava precisando de alguma coisa.

— Perdi as chaves — expliquei a ela. — Teria um copo para me emprestar?

Depois de pensar um pouco, talvez na tentativa de entender a relação entre as duas coisas, a vizinha entrou no apartamento e voltou com uma chave de fenda, que deve ter julgado mais adequada ao meu problema. Insisti no copo. Ela retornou com um copo de água. Agradeci e fiquei com ele na mão, sem levar à boca ainda dolorida. Estava estreando minha vida de pária, que me aproximava ainda mais da grande literatura. Só agora estava chegando a Portugal como imigrante. Até então, o turista em mim me afastara do contato real com as coisas. Perdi-me uns minutos nesses pensamentos, enquanto a vizinha esperava que eu esvaziasse o copo.

— Posso devolver depois?

— Oh, sr. Rodrigo, como não. Tenho outros iguais em casa — eu tinha de me acostumar a essa maneira prolixa de expressão. Não poderia deixar que isso contaminasse meu estilo. Se ainda não construíra uma obra, com certeza possuía uma voz nascida em meus anos de vendedor.

Parado, sorrindo para minha interlocutora, fiquei esperando que entrasse em seu apartamento. Só depois de um silêncio constrangedor entre nós, a ponto de eu cogitar uma queda proposital do copo para que se estilhaçasse no piso, molhando nossas pernas, ela se retirou com expressão irritada. O que esse gajo pensa que está a fazer com um copo de água na mão que não é imediatamente levado aos lábios? Assim que ela chaveou a porta, joguei fora a água, coloquei o copo com a boca contra a porta e colei meu ouvido direito no fundo, como fazia na infância. Do outro lado, os ruídos do aquário de Maria José. Desistira de mim para ficar apenas com seus peixes. Diante da poça de água que se formara no corredor, veio-me o arrependimento de não ter derrubado o aquário na sala, para contemplar os peixinhos ornamentais a se debaterem em desespero. Os cacos seriam uma armadilha para que ela, ao chegar, quando tirava imediatamente os calçados, lanhasse seus pés ossudos e feios. Teria sido uma vingança pela maneira como me tratava agora. Temos de nos adiantar na ingratidão, na perversidade, pois se não somos nós os responsáveis por ela, seremos com certeza os alvos de suas garras. Visualizei Maria José com os pés sangrando e isso me deixou em paz. Eu tinha a imaginação para usar como forma de castigo aos que não correspondiam às minhas renúncias.

Como precisava também esquecer definitivamente Txel, eu a projetei morta numa trilha. Quis fazer o Caminho de Santiago, a partir de Portugal, sem nenhuma companhia, com suas roupas sujas, suas botinas fétidas, a mochila de estudante pobre, um cajado de ramo de oliveira, retirado dos campos locais, e em seu segundo dia, ao anoitecer, passando por uma aldeia quase vazia, quando procurava pouso, foi assaltada por um romeno, que sorriu com seus dentes podres, onde brilhava uma obturação de ouro, dizendo que queria tudo. Primeiro os objetos. Depois o corpo. Subiu duas vezes nela. A primeira foi bem rápida, estava sem mulher jovem havia anos; a segunda, mais demorada, aproveitando cada parte do corpo macio, como a se despedir daquele privilégio conquistado à força. Depois a sufocou e arrastou o cadáver até o mato. Antes de ir embora, com a mochila dela e seus pertences de bolso, olhou a jovem estirada no chão, linda sob a luz do crepúsculo. Você devia se cuidar mais, meu amor. Você será definitivamente o maior amor de minha vida, o cigano romeno disse e voltou para o lugar onde deixara seu carro, em poucos minutos estaria em casa, onde sua mulher idosa, toda enrugada, da mesma cor dele, o aguardava com uma sopa de linguiça, repolho e pão. Sem se lavar, os dedos ainda com o odor do sexo de Txel, ele partiria o pão que depois sua esposa, seus filhos e netos comeriam. É o corpo de uma jovem que partilho entre vós, ele pronunciaria em silêncio, apenas para sua consciência. E saborearia aquele naco de pão, nunca tão apetitoso, pois trazia o perfume de uma moça que nesta hora contemplava com olhos cegos a lua, as sombras, os ramos oscilantes dos arbustos. Eu ficava com essa imagem de Txel, linda e abandonada num dos ramais portugueses a caminho de Santiago, a cidade que abrigava relíquias de santos roubadas de Braga e de outros municípios portugueses.

    Pensava em tudo isso enquanto ouvia a bomba de oxigênio do aquário no apartamento que não era mais meu. Não, Maria José não estava em casa. Ou havia se matado por mim. Nos dois casos, eu não tinha mais vínculo com aquele lugar, com a cidade, tudo se fazia um horizonte hostil. Deixei o copo sobre o tapetinho diante da porta e me sentei ao seu lado. Esperaria a volta dela. Ninguém conseguia retribuir o que eu fazia desinteressadamente. Eu precisava pegar minhas coisas. Meu país inteiro ficara atrás daquela porta, até ontem tão generosa comigo. Depois de algum tempo, dei-me conta de que ela poderia, num ato de represália, repetir uma cena clichê nesses casos. Talvez tivesse atirado minhas roupas pela janela.

    Desci os dois andares do prédio pulando os degraus da escada, para salvar algumas peças, e quando cheguei ao pátio, depois de percorrer tudo com os olhos, percebi que nem esse final ridículo eu teria. Meus pertences ficaram guardados no armário dela.

Lembrei-me de um livro lido no tédio da livraria. Nessa obra, o autor pedia para ver o que um monge budista levava consigo no aeroporto, durante a mudança de país. Não recordo de todos os itens que ele listara, talvez a escova, a pasta de dentes e o aparelho de barbear, enfim umas coisas mínimas. Eram esses bens e os documentos que faziam dele um cidadão, tinha sua casa inteira na pequena sacola.

Eu só não era um andarilho completo porque guardava comigo as últimas cédulas salvadoras. Alisei minha barriga protegida pela bolsa plástica, como o faminto que, depois de comer, acaricia o ventre preenchido, e fui me afastando daquele lugar onde, meio sem querer, quase fui feliz.

— Cuide-se, Maria José — falei em voz alta, quando dei as costas para o prédio de apartamentos populares em Enguardas, bairro de romenos.

Fui a pé à estação de Braga. Durante o movimento errante, somos empurrados para a frente muitas vezes por um vento, uma paisagem que avistamos ao longe, a possibilidade de encontrar um lugar para comer. Seguir já não tem mapas ou projetos, seguir é só dar um passo adiante, sem sequer prestar atenção na paisagem.

Visitador de túmulos

O comboio era moderno, com os lados externos dos vagões e da locomotiva tomados por horríveis pinturas urbanas. Quando entrei nele, senti mais uma frustração. Sentei-me na poltrona da janela, irritado com a viagem que faria. As pichações eram uma afronta às montanhas, ao rio Douro, a igrejas e castelos de pedra. Não tirei, em todo o trajeto, os olhos das terras e aldeias que cruzávamos para me esquecer de que ia num veículo contemporâneo demais.

Se, para o iludido Jacinto, em A *cidade e as serras*, a península Ibérica era o território selvagem, eu, que vinha de uma área muito mais incontrolável, queria encontrar a civilização. *Aquele brusco desaparecimento de toda a Civilização. Enfim, a Península, a Barbárie*, suspirara Jacinto.

Mas a civilização para mim era uma coisa simples: casas feitas de pedra, lugares que duram. Foi com o propósito de me enraizar minimamente em algo que pisei na estação de Tormes/Aregos, a mesma onde desceram Eça de Queiroz e seu personagem. Eu não tinha comigo o romance, confiscado por minha última companheira. Pela segunda vez, eu não roubava alguém, era vítima do roubo. Estava em curso alguma transformação que me escapava. Recordava de fatos reais de minha vida, sem o desejo de fazer dela algo edificante, conquistando uma memória destinada ao ocultamento. Tal como Jacinto, eu chegava a Baião sem bagagens, com muita fome, e novamente ninguém me esperava na estação. Depois de ver o comboio partir, parado na plataforma sem nem mesmo uma mochila, eu tinha de ir imediatamente a algum canto.

No guichê, perguntei onde ficava o cemitério e recebi as instruções com excesso de detalhes. Eu poderia explicar ao jovem que viera do Brasil em busca de um antepassado da nobreza local, descendente direto da casa de Arnaldes de Bayão, e inventaria um nome qualquer, para pôr em funcionamento mais uma história paralela, improvisada para um interlocutor que, por me desconhecer, acreditaria em tudo. Esse teatro não me seduzia mais.

— Queria conhecer o túmulo de Eça de Queiroz.

— Sois também escritor?

Não sei se ele próprio escrevia ou se vinham muitos escritores visitar Eça.

— Apenas um admirador.

— Pois, é assim que se diz. Leitor, não é verdade?

— Sim, leitor.

— Está bem, está bem, então faço eu uma pergunta ao senhor. O verdadeiro túmulo dos escritores não são lá os livros deles?

Eu havia encontrado um funcionário que praticava a filosofia literária, este era mesmo um país profundamente apegado às letras, inventado por Camões, em Os lusíadas, e reinventado por Fernando Pessoa, que, junto com Eça, foram os três maiores estadistas do imaginário lusitano.

— De uma forma metafórica, sim.

— Ler, portanto, seria dar vida a cadáveres. Estou certo?

— O leitor como visitador de túmulos.
— Ora, não precisava o senhor vir até nosso concelho para ressuscitar o pobre Eça.
— Já que estou aqui, gostava de conhecer seu último endereço.

Os restos mortais do escritor foram transladados para essa localidade que lhe pertence pela ficção, tendo sido retirados do Cemitério do Alto de São João, em Lisboa, no dia 15 de setembro de 1989, depois que encontraram numa urna seus ossos. Houve antes uma missa de corpo presente, reflexo dos novos hábitos católicos da família, e depois o transporte para as margens do Douro, para uma terra que Eça definiu, em seu romance derradeiro, como "um solo eterno de eterna solidez". Essa mudança definitiva causou comoção nos residentes mais longínquos da língua. O escritor internacionalista, o homem que vagou pelo mundo a representar os negócios nacionais, sobretudo o de abastecimento de vinho do Porto, estava de volta ao Portugal primeiro, a esse solo que ele povoou com sua literatura. O caminho havia sido longo, o corpo veio da França, foi enterrado com pompa e, depois de décadas de uma morte cosmopolita e anônima, conduzido às serras que ele cantara ironicamente como destino da nacionalidade. Eça também chegava aqui sem bagagem. Perderam-se no caminho sua carne, seus cabelos e tudo que fosse facilmente perecível. Voltava como ossos ancestrais à terra de onde ele não vinha. Voltava a um lugar fora da geografia. Quando Jacinto é convocado a deixar Paris há um motivo urgente: cuidar do translado dos venerandos ossos de seus avós, a maioria ossos vagos, mas uns muito amados, os do avô Galeão. Uma tempestade desenterrara esses ossos para formar um único e imenso esqueleto. Os ossos de Eça haviam se misturado aos ficcionais, embora em seu jazigo estivessem também outros, mais recentes. Eu queria aproximar meus ossos aos do escritor.

— Vim em busca dos restos do homem. Como os localizo?
— Na lateral do cemitério, perto do muro.

E segui pela via principal, sem nem mesmo uma caderneta. Carros passavam por mim, e talvez os motoristas me tomassem por um dos moradores que ia ao comércio da vila ou que procurava um conhecido, embora minha maneira de olhar para tudo com uma saudade imprópria fosse suspeita. Depois de anos, alguém talvez pensasse, um ex-morador voltava à sua região e queria se reconhecer em cada lugar. Eu não queria me ver dessa forma, e sim como quem faz pela primeira vez essa viagem e deseja encontrar nas casas algum resquício de Eça. Identificar o que ele vira, o que existia em sua época, principalmente nas casas centenárias, já que não dava para confiar nas águas correntes do Douro.

O pequeno cemitério, bem na entrada de Santa Cruz, estava com os portões fechados. Eu talvez tivesse de pular o muro baixo, encimado por uma pedra de granito abaulada. Fiquei em frente ao portão uns minutos até criar coragem para me adiantar e forçar as duas folhas com tanta energia que a corrente caiu do encaixe e ficou no chão, como uma cobra morta. Aquele anteparo entre mortos e vivos não era sério. Ao abrir os portões, eu conquistava uma intimidade com a rotina das pessoas locais.

Depois de devolver a corrente a seu lugar, segui a observar imagens de santos, cruzes, capelas, uma infinidade de símbolos cristãos nos jazigos, a maioria de muito mau gosto. Sem ter a quem perguntar, fui para o lado do muro à esquerda e em poucos segundos vi um túmulo baixo, de pedra, sem adornos, que destoava do resto das carneiras. Só podia ser a casa do escritor que criticou durante toda a vida a religiosidade lusa. Segui até lá sem pressa, parando na frente do túmulo.

— Muito prazer, Rodrigo S. M. — falei em voz alta.

Talvez por não estar acostumado a conversar com estranhos, Eça não respondeu. Mas a igreja próxima badalou seus sinos como uma forma de recepção. Fiquei olhando para o jazigo, com sua pedra sem polimento, acinzentada, e murmurei: "Você me trouxe até aqui, o que quer de mim?". Eu tinha vindo a Portugal apenas para esse encontro com os ossos recônditos do ficcionista, extraviados nessa região onde ele nunca viveu? Tudo o mais era caminho, que eu havia percorrido com a indecência de meus atos? Eu chegara ali para cumprir algum desígnio obscuro.

Nenhuma imagem, nenhuma referência a religião, apenas um buquê de flores murchas, depositado dias atrás talvez por um leitor. Sobre a pedra principal do túmulo, a inscrição: *Aqui descansa entre os seus José Maria Eça de Queiroz*. Fiquei feliz com o verbo. Pressupõe as muitas viagens, na pátria e no estrangeiro, do diplomata. Também o demorado trajeto do corpo até aqui. O que era para ser convencional se faz forte, ligado às suas andanças em vida e também em morte. O corpo trazido da França, as longas décadas em Lisboa, no trabalho secreto da podridão, e por fim o aportar às margens da casa de seu último romance. Ao ser reenterrado aqui, Eça se fez Jacinto. O regresso do Príncipe da Grã-Ventura se completou. Jacinto voltou a Portugal, ficcionalmente, para que os ossos de Eça fossem depositados nesse cemitério de aldeia.

O que me incomodava era a expressão "entre os seus". Esse "seus" poderiam representar os familiares que passaram a residir na antiga casa de Tormes, herança de sua esposa, Emília de Castro. Talvez a expressão remetesse ao Portugal inicial, nascido entre o rio Minho e o rio Douro, área em que se localizava a litorânea Póvoa do Varzim, sua terra natal. Eça não pertenceria a Lisboa nem a Coimbra, onde estudou, muito menos às aldeias dessa pequena faixa de terra entre dois rios. Só depois descobri os outros mortos. Esposa, filhos e demais parentes. O escritor chegara tarde à reunião de família.

Não havia ninguém no cemitério naquele fim de tarde. Sentei-me sobre o túmulo por uns minutos, depois me veio a vontade de olhar o céu exatamente daquela latitude em que o escritor estava e na qual permaneceria durante nossa breve eternidade. Qual a paisagem que ele veria, se um punhado de ossos pudesse ver?

Deitei-me sobre a laje e estudei por um longo tempo as poucas nuvens. O barulho de um ou outro carro podia ser ouvido. Nenhum canto de ave. Foi só neste momento que tive a compreensão da pátria para Gonçalves Dias, terra onde cantam os pássaros. Somos acompanhados por aves cantoras em todos os lugares. Aqui em Portugal faltavam essas notas silvestres. O sol fraco da tarde, que não me queimava o rosto descoberto, o silêncio protegido por túmulos e muros de pedra, a presença oculta do rio em seu curso calmo, o cochilar ósseo do escritor sob a terra, tudo era um quadro que em instantes me acalmou. E me senti imóvel como a pedra sob minhas costas, esquecido neste lugar desconfortável.

Não sei quanto tempo demorei para tentar abrir os olhos. Por mais que eu fizesse força para isso, só enxergava o escuro, um breu espesso como se estivesse sob o solo, coberto por uma laje. Tentei mexer os braços e não consegui. Sentia câimbra em todos os membros, que permaneciam parados, longe de meu corpo. Não podia erguer a mão, mover uma perna ou mexer os dedos. Perdera os movimentos. Tentei sentir meu peito arfando, e ele também estava parado.

— Oh, meu senhor, queira levantar-se.

Consegui abrir os olhos depois de ter sido tocado por algo no ombro e ouvir a ordem. Primeiro me sentei com os pés para fora do túmulo, e então vi um homem de uns setenta anos, com uma roupa velha e limpa, um paletó maior do que ele.

— O senhor está a passar bem?

Ergui aquele corpo que antes era de granito, sorri para o outro e fui em direção à saída.

A caminho

Em pouco tempo, cheguei a uma entrada pelo arvoredo que me levaria à prega da serra, para refazer o caminho de Eça. Eu havia me informado com as pessoas que encontrara.

— Como faço para encontrar a trilha até Tormes?

As respostas variavam, mas todos conheciam as formas de acesso a um livro transformado em endereço. Um senhor me perguntou se eu queria ir a pé ou de carro. Para mim, o caminho a Tormes só podia ser feito a pé ou em lombo de burro, porque era assim que ele existia desde maio de 1892, quando Eça o percorreu para alcançar a quinta herdada, dois anos antes, por sua esposa, quando da morte da condessa de Resende. No mês seguinte, ele voltaria a essa morada, fazendo dela um coração ficcional. Para o escritor realista, os lugares imaginários são réplicas imperfeitas de espaços vividos. Só descrevê-las é produzir mudanças profundas, para que funcionem em outro plano.

Assim que saí da via calçada para o trilho de terra, repeti para mim mesmo a frase do romance, em que Jacinto exorta o amigo Zé Fernandes:

— Agora é trepar para a quinta, à pata...

Logo no início, tento identificar os carvalhos ancestrais mencionados pelo autor, e busco a companhia dos melros, para encontrar apenas gordos pardais, praga em qualquer canto do mundo. Ao passar pelas primeiras casas, cães ladram contra mim, e avançam, pequenos mas ferozes. Consegui me livrar deles depois que um senhor os chamou de volta. Com um assobio, os animais recuaram e pude prosseguir. Temendo novas investidas, lembrei-me de que Jacinto chegara à estação apenas com sua bengala, símbolo civilizado que o distinguia nas serras. Eu também precisava de um distintivo de poder. Ao passar por um monte de galhos, de alguma poda feita nas árvores, escolhi um com o formato de cajado. Agora, acrescentava um passo seco à minha caminhada, o que me deixava mais lento.

Procurei no ar o anúncio dos laranjais rescendentes de que fala o romance. Queria sentir-me parte daquela obra também pelo olfato. Na subida atenta, no entanto, não consegui identificar esses ocultos pomares e sim um cheiro de figo que me encheu a boca de saliva. Minha avó, quando éramos crianças, colhia os figos no quintal e preparava um doce retido em minha memória. Embalado por esses pensamentos, não vi que a trilha bem demarcada entre árvores e propriedades desaparecera em uma estrada por onde passavam carros. O velho caminho servia, nesse trecho, a usos mais contemporâneos. Poucos, apenas os loucos por literatura, refaziam aquele trajeto numa caminhada próxima da leitura. Os moradores tinham outra forma de trepar para a região da quinta. Logo adiante, achei novamente a senda, depois de contornar algumas casas, em que os cachorros tentaram me amedrontar e foram recebidos com a ponta cantante do cajado.

Enquanto subia, olhava os muros seculares, testemunhos da passagem de pessoas reais e inventadas. Alguns serviam de arrimo para os socalcos onde se faziam os plantios. Um barulho refrescante de águas correndo entre os arvoredos ia me acompanhando. Estaquei numa ponte de pedra, pois tinha certeza de que Eça estivera parado ali a contemplar a construção rústica, com seu espírito de proprietário, algo novo para ele, que pulara de uma casa para outra, de um país para outro, até esse projeto de ter um lugar seu, onde passaria os dias da aposentadoria que nunca viera. Ali ouvi o assobio do melro, escondido entre as ramagens. Enquanto ele cantava, fiquei esquecido da viagem. Eu terminaria sozinho num ponto qualquer, quando acabasse o pouco dinheiro que trazia. Olhei com cuidado todos os campos, as plantações, em busca das macieiras com seus frutos ainda verdes, sem encontrar nenhuma árvore que me ligasse àquele outro tempo que estava acontecendo agora nas leituras do romance entre dezenas de leitores pelo mundo. Eu tinha certeza de que muitos liam, ao mesmo tempo, este trecho do capítulo VIII, e que eu não era uma pessoa em Santa Cruz do Douro e sim um personagem nascido nesse instante pela ação de um leitor anônimo. Nessa condição, continuei a subir para a quinta.

Num pasto cercado, divisei ao longe alguns carneiros, repetindo um trecho do livro, sem no entanto avistar as vacas, o que completaria a paisagem descrita. Foi talvez com um olhar completamente distante do agora que cheguei a uma vila, achando tratar-se de Tormes.

Uma moça com roupa de camponesa vinha em minha direção, a segurar uma galinha sob um braço. Era uma estampa do mundo rural.

— A menina poderia me dizer se esta é Tormes?
— Não, a quinta de Tormes é um tantito acima.

Para dizer isso, ela parou bem à minha frente, a galinha imobilizada em sua cintura. Olhou para o cajado e fiquei com vergonha de minha aparência.

— Eu me chamo Josefa — ela continuou.

Um nome tão antigo quanto os velhos muros, pensei. Mas nada além disso nela era velho. Estudei suas botinas sob o vestido de trabalhadora.

— Estava nos parreirais — ela explicou.

— As uvas estão maduras?

— Ainda não as temos.

— Gostava de ver as parreiras carregadas de uvas maduras.

— É só ficar para isso, pois já se vê que o senhor não é de cá, das serras.

— Não, não sou daqui.

— Nossa — ela sorriu para desfazer o drama que eu quis criar. — Em breve teremos muito serviço na vindima. Mesmo agora se acha algum trabalho na vila.

Falou isso enquanto se afastava, serra abaixo, apenas a galinha a olhar-me, alarmada.

— Eu gostava de trabalhar cá com os vossos. Onde posso encontrar a menina?

— Melhor eu ficar com o endereço do senhor, caso saiba de algum trabalho.

— Meu endereço por enquanto é aqui. Depois vou caminhar mais alguns metros, sem saber onde passarei a noite.

Ao pronunciar essa palavra, olhei para o céu e vi que começava a escurecer. Uma lua apagada já se punha à vista.

— Em Tormes há uma pousada, a Casa de Silvério — ela informou, entendendo meu apelo, já sem olhar para trás.

— Silvério, o caseiro de Jacinto — exclamei para ela, alegre por não ser assim tão estrangeiro. Ela fez que não me ouviu e virou numa das vielas.

Sem esforço, como se tivesse encontrado um novo alento, alcancei Tormes pelos fundos da casa de Eça, por uma trilha abaixo do muro da esplanada do restaurante. Havia algumas pessoas comendo ao ar livre, sob parreiras que julguei ornamentais. Assim que me achei no mesmo nível do edifício novo e da casa ancestral, senti que me encontrava em algum lugar longamente buscado. Fui na direção dos focos acesos, embora ainda não fosse noite, e das mesas postas no jardim sob toldos brancos.

Sentei-me numa delas e contemplei lá embaixo o Douro. Não havia comido nada durante todo o dia e, enquanto esperava à mesa, olhava as luzes em todo o vale do Douro. Cada lume tremeluzindo abaixo era uma família, um poste público, um comércio, e o rio aceitava tudo em seu curso que daqui parecia imóvel. O garçom demorou para me atender, talvez na esperança de que o cliente não muito apresentável desistisse do jantar. Ele trouxe a ementa e já ia sair para atender uma das quatro outras mesas ocupadas, uma delas ao meu lado.

— O senhor poderia me servir o couvert e o vinho amável dessas serras?

— O senhor está a se referir ao vinho de Tormes?

— Exatamente, vinho fresco, esperto, seivoso — citei um trecho de A *cidade e as serras*.

— Logo vos será servido.

E quando aportaram a garrafa de uma transparência agradável, com o vinho verde em seu bojo, a broa de milho e a manteiga, percebi que faria uma refeição merecida. Eu me preparara com um longo jejum, um cansaço de pernas que escalaram as serras, uma espera de horas, e sobretudo com a desolação dos que alcançam o final de uma travessia. De repente, eu não queria mais ir para a próxima estação.

Mastiguei a broa com manteiga, que se esfarelou em minha língua, e sorvi um longo gole de vinho, que viera num balde com gelo. Era doce e refrescante. Só depois de terminar a entrada e de secar a garrafa é que escolhi com calma o prato. Ficara entre a realidade e a ficção. No romance, Jacinto faz sua primeira refeição em Tormes de maneira improvisada, sob os cuidados rústicos de Melchior. Um louro frango assado no espeto com uma salada da horta temperada com o azeite da serra. Mas havia também o prato experimentado por Eça em 1892. Um anho assado. O anho sabia mais a comida bíblica, e eu precisava de rituais. Fiz o pedido assim que o garçom voltou a me atender.

— Este prato é pouco comum. E demora um bom tempo. No mínimo, uma hora.

— Não há pressa enquanto houver broa e vinho.

Ele voltou com duas broas num cesto e um novo balde com outra garrafa. Molhei a broa nova, ainda quente, no azeite da casa, e fiquei à espera do borrego que estava sendo preparado para que eu homenageasse Eça.

No meio da segunda garrafa, o cliente ao lado, que dividia a mesa com uma bela mulher e dois jovens com o comportamento esnobe de Fradique Mendes, se aproximou.

— O garçom me disse que o senhor é brasileiro — pelo sotaque, ele também era.

— Espero não estar incomodando com meu silêncio.

— Tem humor — e riu. — Apenas vim dar um oi. É de onde?

Poderia dizer: de Curitiba. Mas já não tinha o menor orgulho disso. Eu estava revolvendo raízes longamente ocultadas.

— De uma cidade do interior do Paraná.

— Somos de São Paulo, mas comprei uma quinta aqui nas imediações.

E puxou uma cadeira. Trazia numa das mãos uma taça de vinho.

— Se me permite... — disse, enquanto se sentava.

— É uma honra compartilhar esta paisagem — e olhamos para o Douro.

— Muitos brasileiros vêm conhecer a casa de Eça.

— Esta não é propriamente a casa de Eça. É antes a casa de Jacinto.
— Você com certeza é estudioso do autor.
— Não. Nem tenho faculdade. Sou apenas um leitor.

Experimentava uma vontade de dizer quem eu era, de não esconder nenhum de meus defeitos, de dizer com todas as palavras o que eu pensava sobre as coisas. Mas minha sinceridade causara algum constrangimento no brasileiro com negócios em Portugal.

— Minha mulher é crítica de teatro — ele me informou, a desviar o assunto.
— Escreve em algum jornal?
— Leciona na USP. Está passando uns meses sabáticos aqui. Temos muito a aprender com os portugueses.
— Temos — minha falta de entusiasmo matava a conversa.
— Estamos recebendo uns autores de teatro da Finlândia. Se quiser se unir a nós?

Disse isso enquanto se levantava, sem nem mesmo ter provado da taça de vinho que, em nenhum momento, depositara sobre a mesa. Eu, ao contrário, bebia um gole a cada frase que era obrigado a formular.

— Agradeço, mas não falo inglês — e bebi mais um gole.

Ele sorriu, compreensivelmente. Interior do Paraná. Sem diploma universitário. Não fala inglês. Seu sorriso trazia uma solidariedade com os pouco abastados culturalmente. Ele então me entregou um cartão, e disse para eu aparecer em sua quinta.

Enfiei o cartão no bolso de minha camisa. Nessa hora, olhei minha roupa amarrotada, com manchas de sujeira que talvez só eu pudesse ver. Em todo caso, fiquei orgulhoso por não estar arrumado como meus vizinhos.

Eles continuaram alegres em sua mesa, a crítica de teatro

falava com os autores finlandeses, o marido se manifestava com moderação, a ouvir e a beber.

Meu anho assado, uma especialidade do concelho de Baião, chegou. Era uma paleta inteira, dourada, reluzindo de gordura, sobre uma travessa com arroz de forno. Eu estava no final da segunda garrafa de vinho. Fui lentamente destrinchando aquela carne, com um cuidado próprio do cirurgião que quer manter a integridade das peças. A paleta trazia ervas, condimentos e a proteína dos capins daquelas serras. Poderia ser o filhote de um dos carneiros que vi no cercado, enquanto percorria o caminho de Jacinto. Eu merecia cada pedaço de carne levado à boca. Abstraí o mundo próximo, a ponto de não ver os brasileiros partirem, nem saber se chegou ou não mais gente. No meio da refeição, da qual eu não descuidava um minuto, o vinho acabou e o garçom apareceu para perguntar se eu queria mais uma garrafa. E trouxe a terceira e me devotei a ela depois de ir ao banheiro. Meu estômago contraído pelo longo dia de fome estava agora inchado, a esticar prosperamente minha camisa. Eu queria mais e mais carne. Armazenaria aquele alimento para me manter satisfeito por dois dias, tal como fizera Eça. Voltei à mesa e trabalhei com atenção na limpeza daqueles ossos, que restaram brancos na travessa.

Ao final, quando só sobrara eu de cliente, o garçom perguntou se queria sobremesa.

— Arroz-doce com canela.

Em poucos minutos, ele serviu esse prato que me ligava aos tempos de menino. Minha avó fazia arroz-doce nos almoços de domingo. Foi nisso que pensei quando li a descrição dessa iguaria no aniversário de Jacinto em Paris.

Parei de beber vinho, mais de meia garrafa ainda me aguardava, e pedi a conta. O garçom tirou-a do bolso do uniforme. Aguardavam minha partida. O valor era alto, passava um pouco de cento e vinte euros. Ao todo me sobravam, pelas minhas contas, não muito mais do que uns duzentos e cinquenta. Tirei três notas e deixei na mesa. Peguei a garrafa ainda pelo meio e saí a beber no bico. Pena que o empresário e sua mulher dedicada ao mundo da arte não estivessem mais ali. Ficariam envergonhados com minha falta de bons hábitos.

O garçom apareceu assim que me levantei e, depois de conferir o pagamento, disse um amigável boa-noite. Não me dei ao trabalho de responder. Ele com certeza olhava os fundilhos sujos de minha calça. Devia ter, durante todo o tempo, observado minhas unhas pretas, minha face gordurenta, a falta de dentes, minha barba desgrenhada. Mas foi surpreendido pela gorjeta.

Assim que me afastei um pouco, as luzes externas do restaurante se apagaram. Uma escuridão maior me recebeu. Meus passos se tornaram aéreos. Eu estava livre de meu peso. Imaginava o rio lá embaixo. Poderia voar até ele. Poderia fazer muitas coisas impossíveis até algumas horas atrás. Mas tudo que eu queria era terminar aquela garrafa que me convocava para seu interior. Eu tentava me enfiar pelo gargalo, mas não conseguia. E um pouco de vinho acabava vertido fora de meus lábios, a escorrer por meu rosto.

Voltei ao caminho de Jacinto, encostei-me no muro da esplanada do restaurante e fiquei olhando as serras, enquanto lá do alto a lua derramava seu líquido em mim, molhando meu corpo com aquela claridade.

Apego às casas

O vento frio da serra arrepiava meus mamilos e eu os sentia sensíveis a roçarem no tecido da camisa. O chão em que eu me sentara estava duro, pois não era área de cultivo e sim de passagem. Desci alguns metros no meio das parreiras e achei um lugar de solo fofo para acomodar meu corpo, à sombra lunar criada pelas ramagens das plantações, e dormi no mesmo instante.

Um barulho começou como se viesse de outro mundo, passos abafados sobre a terra que me servia de colchão e travesseiro, porque fui me mexendo no solo afofado talvez para a adubação dos grossos e enrugados caules dos parreirais, e já estava acomodado familiarmente nela. A saudade de Txel havia se apagado de uma maneira que me dava alívio. Dividimos um apartamento por umas noites e ela me fez companhia enquanto se dedicava a seu roteiro de viajante livre, com muitas atividades. Eu a incomodara com minha impertinência amorosa. Nossos corpos se entenderam e se afastaram. Talvez ela tivesse alguém fixo em Barcelona, para onde eu pretendera ir. Sonhei-me pelo Bairro Gótico, que conhecia de programas de tevê, percorrendo as vielas para rastrear na multidão o rosto amado. Esses sonhos me deixavam ao lado dela nos momentos de solidão que me acometeram antes de enfim constatar que eu não podia mais ir a lugar nenhum.

Sem um relógio, eu me ausentara do tempo, dos dias, dos compromissos, voltava a uma infância sem obrigações. E, como na infância, temia os passos que imaginariamente me procuravam. Queria um cobertor grosso e antigo para me proteger, como eu fazia em minha meninice, nas noites de pânico, em que ficava sozinho em meu quarto a ouvir sons estranhos e puxava com cuidado o cobertor, o que tinha o poder mágico de nos livrar dos fantasmas que se moviam pela casa. Ao fecharmos os olhos com muita força, eles não nos descobriam nem nos levavam ao mundo infernal de onde vinham.

Mesmo sem cobertor, colcha ou acolchoado, com o corpo imóvel de uma forma que ninguém percebesse minha respiração, apertei as pálpebras na esperança de fazer com que desaparecesse o que quer que fosse aquilo que se aproximava de mim. Ao contrair os músculos da face, eu queria fechar meus ouvidos e anular o som de passos que cresciam em várias direções. Quando estamos no campo, talvez por ser aqui um terreno montanhoso, não se pode distinguir a origem dos movimentos, que partem de todos os lados até o corpo oprimido pelo medo. Eu estava me encolhendo em mim mesmo e sentia que alguém ou algo poderia me atacar pelos pés, pela barriga, pela cabeça. E talvez não fosse uma pessoa apenas. Os agricultores da região perceberam o intruso, denunciado por alguém que me vira vagando por terras particulares, e agora saíam em bando para me prender. Nesse momento, senti uma língua incógnita a me alcançar o rosto, num carinho áspero. Depois a língua foi até minha canela descoberta. Mas não era a mesma língua, e sim outra, e meus lábios também foram lambidos, sem o menor amor, lambidos com a gulodice de quem se aproveita dos restos de alimentos.

Abri então preguiçosamente os olhos para o sol alto. Sem se assustarem, ao meu lado, três gatos gordos me observavam resignados.

Quando me levanto, os gatos contemplam qualquer coisa na paisagem que praticamente não se mexe, cada um deles em seu mundo. E eles me ignoram de uma maneira que me agrada. Estavam até segundos atrás lambendo as feridas de meus lábios. E agora era como se eu não existisse. Os gatos nos toleram, mas não nos acompanham em nossas andanças, preferem ficar em casa ou sair sozinhos. Para eles, as pessoas não passam de paisagem. Eu tinha três gatos gordos ao meu redor, podia sentir o cheiro da saliva deles em minha boca. Limpei os lábios na manga direita do blazer agora sujo de terra e vi um filete de sangue surgir no tecido bege. A ferida se abrira. Passei a língua nela, sentindo o gosto de sangue. Já me acostumara aos vazios dos dois dentes superiores. Estava a caminho da mendicância, para a qual me preparava desde a saída do Brasil. Os gatos olhavam para lugares longínquos. Isso dava algum conforto. Era a vida acontecendo de maneira autônoma. Ao me abaixar, achei que eles fossem se afastar, mas continuaram parados e indolentes. Fiz carinho na pelagem de um deles, que ronronou e amoleceu-se todo. Outro passou por minha perna, enroscando-se igual a um bumerangue flexível.

— Vocês gostam de carinho, meus lordes — falei.

Os miados que ouvi eram uma resposta.

— E querem conversar. Onde é que vocês moram?

Um deles ficou mais distante, à maneira de uma sentinela, a vigiar a chegada do inimigo.

— Venha você também — falei para o desgarrado, fazendo o movimento de dedos.

Este continuava a ignorar minha urgência amorosa.

Num instante, os três partiram numa arrancada tão súbita e

violenta que quase não os vi se deslocarem a uns metros abaixo do terreno. Uns pardais haviam pousado na terra, entre as videiras, em busca de insetos ou pequenos grãos, e os gatos se atiraram sobre eles, sem sucesso. Os pardais voaram e os bichanos não deram o menor sinal de frustração, transformando o pulo voraz num caminhar lento, como se nada de anormal tivesse acontecido, e partiram para longe de mim.

Segui o exemplo deles e comecei a andar, sem saber bem para onde ir. Por ser mais fácil, desci até a vila, visível por algumas chaminés soltando fumaça de seus fogões a lenha e também pelos latidos dos cães. Não era um bom lugar para gatos nem para estranhos.

O caminho que tomei refazia o do dia anterior. Os cães me recepcionaram com os latidos esperados e me seguiram à distância, porque juntei uma pedra no chão e eles recuaram. Sem olhar para eles, fui direto à esquina em que Josefa virara. Talvez sentissem em mim o cheiro dos gatos, e isso os ouriçava ainda mais, embora temessem se aproximar. Assim que dobrei a rua, vi uma senhora com um maço de hortaliças.

— Estou a procurar uma rapariga, a Josefa. Sabe me dizer a porta dela?

— É aquela casa ali de pedra.

Na aldeia, as pessoas faziam seu trabalho. Eram vidas de verdade. Um senhor estava a cortar lenha provavelmente para o fogão doméstico. Um jovem arrumava uma moto na garagem. Uma mulher podava arbustos no quintal da frente. E lá estava a casa de pedra, telhado baixo, janelas sem pintura, desbotadas pelo tempo. Fiquei na frente do portão de ferro. Batia-se palma? Chamava-se pelo nome da pessoa?

A porta da frente, muito próxima da cerca, se abriu enquanto eu me decidia.

— Sabia que ia voltar. Está a precisar de um banho.

Passei a língua na ferida e a senti aberta. Além de sujo de terra, o blazer trazia marcas de sangue ressecado.

— Estou indo ao serviço, mas meu irmão vos fará companhia.

— Vocês moram juntos, Josefa?

— Muito me agrada que tenhais lembrado do meu nome. Mas ainda não me falastes o teu.

Este era um assunto problemático para mim. Escondi meu nome até ele ficar exposto no crachá da livraria. Eu vinha me vendo como um nome literário. Rodrigo S. M., personagem masculino, e por isso irônico, que Clarice Lispector criou para fingir que não era ela, uma mulher, quem narrava A *hora da estrela*. Na juventude, eu usava uma abreviatura que não me constrangia: Dan. Lembrava um nome misterioso. Como a prostituta que esconde a identidade, eu ocultara a minha. Fátima me falara seu nome completo quando passamos a ser amigos. Fátima Terezinha Gomes. Mas seu nome nas redes de pornografia era Kamille. Quando ela se revelou para mim, ficou em minhas mãos e acabou roubada. Assim como a prostituta, eu achava que o escritor tinha de ter um nome literário. Meu primeiro impulso foi me apresentar como Rodrigo S. M. Mas eu estava numa aldeia de trabalhadores, onde tudo que havia de literatura era uma casa que poderia ter sido de Eça se ele não tivesse morrido no exterior. E aquelas pessoas se dedicavam a trabalhos reais e traziam nomes antigos. Tudo exigia de mim alguma verdade.

— Danrlei dos Santos Matos.

— Esses pais do vosso país criam cada nome. É de se rir — e ela ria discretamente.

— Meu pai era torcedor de um time de futebol do Rio Grande do Sul, o Grêmio. E gostava do goleiro do time, por isso quando nasci ele homenageou o jogador — era a explicação que dava aos meus amigos de infância, depois comecei a dizer que era um Deus pagão.

— Futebol também é outra mania vossa. Cá temos muitos dos jogadores brasileiros nas nossas equipas.

— Não gosto de futebol.

— Do que o sr. Danrlei gosta?

— De livros.

— Este talvez não seja o melhor sítio para um leitor. Mas fazei o favor de entrar. Vou chamar meu mano — e gritou: — Oh, Zé, anda cá um instante.

Enquanto ele não chegava, eu ouvia alguma coisa se fechando dentro da casa, depois vi a cortina de um quarto se abrir levemente, o dorso nu de um jovem, que se retirou em seguida.

— Ele trabalha de garçom à noite, em Santa Cruz. Mas já está na hora de se pôr em pé, não é verdade? — falou isso num gesto de erguer os olhos para o sol. — Preciso trabalhar, como já vos disse, mas ainda tenho uns minutos.

Estávamos na frente da porta principal. Ela se abriu e um jovem de tamancas, algo que pensei em desuso, e a camisa com as fraldas para fora ficou bem ao nosso lado.

— Este brasileiro com nome de jogador de futebol, sr. Danrlei, encontra-se pelas serras sem ter ao que parece um destino. Acho que gostava de um banho e de lavar as roupas.

— Se não é turista, é trabalhador ilegal — ele disse. — O que para mim é uma vantagem. Afinal, cá estamos para fazer os serviços que têm de ser feitos — e olhou para o quintal tomado pelo mato e riu.

— Deixo que se entendam como bons rapazes porque me esperam lá na quinta.

— Talvez tenha sido turista por algumas semanas. Mas ainda não sou trabalhador — falei para José, olhando Josefa que já estava a ganhar a estrada.

— Vamos entrar.

Contornamos a casa para chegar aos fundos, onde havia uma varanda com mesa, uma tina, uma porta para o que parecia ser uma despensa. Esperai um bocado, ele me pediu. Em minutos, voltou com uma camiseta branca, moletons velhos e tamancas.

— Ali ao lado tem uma casa de banho para quando chegamos muito sujos do serviço no campo.

O banho foi numa banheira encardida, que enchi de água fria, pois não havia morna. Senti muito frio no início. Meu corpo branco ficara arrepiado antes de eu mergulhar na água, mas depois foi se acostumando e o conforto veio aos poucos. Esfreguei com cuidado a barba e saiu água suja e ensanguentada. Na pia ao lado, vi uma tesoura. Levantei-me para, diante de um espelho manchado de velhice, tosar aqueles pelos. Só então usei uma navalha, espumando o rosto com sabão comum, e fiquei com a pele mais machucada, a sangrar em vários pontos, principalmente perto da boca. A face muito branca me devolvia a meus tempos de menino. Minha cabeça estava vermelha, pelo sol que havia tomado nas andanças, mas logo o cabelo cresceria. Um outro homem surgira naquele espelho em que gerações de trabalhadores se viram até que ele ficasse assim, meio fosco.

Juntei os pelos com papel higiênico e joguei na lixeira. Voltei para a banheira e tomei o segundo banho, agora bem rápido, e logo estava trocado, enquanto ouvia a água correr nas tubulações enferrujadas. Calcei as tamancas velhas, com o couro amaciado por pés rústicos e os tacos gastos naqueles pisos. Abri a porta da casa de banho e não encontrei José. Eu trazia minhas roupas emboladas sob o braço, elas eram toda a minha bagagem. Comecei levando meus tênis até a tina para limpar com uma bucha. Fiz isso minuciosamente, como se me preparasse para um encontro.

— Aqui na cozinha tem uma máquina de lavar.

As cores de minhas roupas eram de tom bege, ocre, marrom e aproximadas. Enfiei tudo na máquina, acrescentei a pastilha de sabão, vi a água enchendo o pequeno tanque e logo tudo começou a girar. Fiquei observando o movimento com os olhos perdidos. Atrás de mim, José se mexia, ia e voltava, e logo rescendeu o cheiro de pão fresco. Eu me virei e vi na mesa a refeição rústica, pão, queijo e uma garrafa de vinho.

— Não é sempre assim nosso pequeno almoço.

Sem que me convidasse, sentei-me à mesa e ele me acompanhou. Comemos e bebemos, ambos em silêncio. Depois, perguntei por que faziam isso a um forasteiro.

— Josefa disse que tinha conhecido ontem um brasileiro que se parecia com nosso irmão que foi ao Brasil e nunca mais voltou.

— Que pena.

— Então acho que devemos agradecer o que vocês fizeram pelo nosso irmão. Ele se casou por lá.

Talvez pela primeira vez eu me sentisse parte de um país. Era em nome do Brasil que eu tomara aquele banho, que vestia aquela roupa, que comia aquele pão e bebia aquele vinho. Eu era o Brasil ali. E isso não me envergonhava.

— Onde ele trabalha?

— Numa cidade distante, Porto Velho. Tem um cargo qualquer num hotel. Casou-se com uma descendente de indígenas.

— De certa forma, todos descendemos de indígenas.

— Não nos visita, mas nas chamadas telefônicas tem uma voz alegre.

— Como é o nome dele?

— Luiz Miguel.

— Um brinde então ao sr. Luiz Miguel.

E ergui sozinho o copo, ele fez um gesto de segurar um copo na mão, e concretizamos uma homenagem ao jovem que, sem que eu o conhecesse — sequer conhecia Porto Velho —, me arrumara aquele lugar numa casa de família.

A máquina terminou o processo de lavagem e começou a centrifugar. Logo parou e recolhi as peças, meio desbotadas, levei até os fundos, onde havia um estendal, bati bastante e as deixei penduradas no avesso. Depois nos sentamos na varanda e ficamos olhando as roupas, uns pés de couve, uns matos e as pedras no chão.

— Tendes alguma experiência em restaurante?

— Nenhuma.

— Nem como lavador de loiça?

— As louças de casa ficavam sujas pela cozinha, só lavava aquilo que ia usar.

— No que trabalhastes lá?

— Vendia livros.

— Não temos livrarias na aldeia. Mas, se quiserdes aprender a lavar loiças...

Falaria ao patrão para arrumar alguma coisa no restaurante, talvez ganhasse muito pouco. Agradeci a oferta e disse que no dia seguinte, sim, eu iria com ele. Hoje tinha uma coisa a fazer, era para isso que viera.

— Como pagar uma promessa? — José me perguntou.

— Podemos dizer que sim.

E o assunto morreu. Fiquei sem ter o que fazer até perto da hora do almoço. Quando minhas roupas já haviam secado e eu as vestira de novo, Josefa chegou.

— O Danrlei está agora muito bem. Merece uma galinha com arroz de favas.

E retirou do frigorífico os pedaços de uma galinha, provavelmente a que trouxera nos braços no dia anterior, e começou o preparo. Pensei que viria um risoto, mas foi uma travessa de arroz com grãos verdes no meio e grelos colhidos no quintal, refogados. E terminamos a garrafa de vinho.

Nesse almoço, ela falou do irmão pródigo. Era como se Luiz Miguel voltasse para casa. Sem saber, tinha essa galinha, que matara para o domingo mas cujo preparo antecipara já que eu dera o prazer de aceitar o almoço com eles. Percebi que os olhos dos irmãos brilhavam de alegria. Soube que pai e mãe haviam morrido, a casa lhes ficara de herança. Tinha sido construída pelos antepassados. Não sairiam dali, estavam acostumados aos vizinhos, que são iguais em qualquer sítio, Josefa concluiu. Depois me disseram que eu poderia dormir um pouco no sofá. Ela voltaria ao trabalho. José descansaria também.

Nem a esperei sair para me entregar ao sono no sofá da sala. E quando acordei no meio da tarde, José ainda dormia, mas não quis incomodar. Deixei as tamancas ao lado do sofá, fui de meias até a varanda, calcei meus tênis e ganhei a rua. Os cachorros latiram novamente para mim, talvez com um pouco menos de empenho. Subi para Tormes com um boné que encontrei no cabide da sala, para proteger minha careca. Olhei antes para trás, para o caso de não voltar mais ali.

Para que serve o corpo

Uma pequena aglomeração não me permitiu ver bem o portal de pedra. Um autocarro estacionara na frente da casa, e senhores e senhoras desciam com certa dificuldade e se encaminhavam ao pátio, porque foi na velhice que se despertaram para as belezas adiadas do mundo. Naquela tarde, nenhuma jovem estava interessada na vida de Eça de Queiroz, o que para mim era um alívio, pois eu queria fazer a viagem ao redor dos rastros do autor sem desviar minha atenção para seios, sorrisos e olhares. Pisei a calçada de pedra que eu sabia não pertencer ao tempo que buscava, entrei no pátio sem a solenidade de quem frequenta outra existência, o sentimento de profundidade temporal amortecido pelas paredes tomadas por heras recentes, tudo muito organizado para receber os turistas.

Eu queria entrar no museu do escritor. O lado externo, muito bem arrumado, era um cenário para visitantes. Estava longe das descrições que eu havia lido em Eça e que destacavam a precariedade da habitação antes para cabras do que para gente.

Restava-me o contato com suas coisas, com seus objetos guardados, já que a casa em si sofrera muitas melhorias.

Com o grupo, fui à recepção e paguei a visita guiada. Estava gastando o resto do dinheiro roubado de Fátima. Eu roubava de mim mesmo agora, e logo não teria nem para comer. Exatamente por isso, paguei o ingresso com alegria. Aproveitar ao máximo o tour e concluir a viagem. Para não ser notado, misturei-me ao grupo e fiquei olhando inicialmente a parte térrea, que dá para os jardins do fundo e para o restaurante onde eu tinha jantado. Era um tempo longínquo, pois a noite passada ao pé das parreiras me distanciara dos momentos vividos naquele cenário de divulgação turística. Meu boné de português provinciano me destacava no grupo em que havia brasileiros, para cumprir o roteiro preparado por algum agente de viagem especializado em *trips* pelo Douro, como diria Eça. Depois de uma explicação inicial da guia, subimos pelo lance de escadas da direita, que havia sido descrito pelo escritor em seu livro. Aqueles degraus de pedra eram os mesmos, com outras funções agora, o que os tornava estranhos ao romance.

Primeiro entramos na biblioteca, onde estão móveis e livros coletados pelos descendentes, que criam um ambiente de trabalho no qual Eça nunca esteve, onde talvez tivesse escrito seus derradeiros títulos. Vejo aleatoriamente as estantes e me fixo na mesa de trabalho. Um desses móveis de tabelião, adequados a livros imensos de contabilidade, em que o servente em pé era obrigado a tomar nota de entradas e saídas, número de documentos, transcrição de registros. Eça aderiu à mesa para sua contabilidade literária, obrigando-se a escrever na mesma posição. Longe do grupo aglomerado em torno da guia, que ouvia histórias de móveis e livros perdidos, me deixei ao lado da mesa. Daquela prancha escura e inclinada o escritor tirara suas obras. Com muitos problemas de saúde, enfrentava ereto o nada. Não sei mais o que foi falado para o grupo. Só a mesa me fascinava. Sem me deixar notar, alisei sua madeira, polida no último século por produtos modernos, esquecida da função de receber a letra do romancista. A maior viúva de um escritor era sua mesa de trabalho. Ali passara muitas horas de seu isolamento, ouvindo em outros cômodos da casa de Neuilly as crianças em suas brincadeiras, os criados nos afazeres domésticos. Alisei também as pernas de madeira, experimentando sua sensualidade de objeto. Com a mão firme e grande, o cotovelo apoiado sobre a prancha, ele se debruçava sobre aquele móvel na hora de alinhar as palavras, molhando a pena no tinteiro. Busquei manchas de tinta no tampo, mas ele havia sido lixado.

Por uns instantes, não havia mais ninguém ali, eu estava só na área preparada para a escrita na casa de Paris, a Paris que eu não conhecia, e que o escritor em seus últimos anos achava insuportável. Eu via uma mão a percorrer o papel sobre a tampa, uma mão que queria escrever algo novo depois de cento e vinte anos.

— O senhor não pode tocar nos móveis — a guia me disse.

Recolhi a mão. Todos sairíamos agora da biblioteca, sem que eu tivesse aproveitado as informações. Notei que a porta não fora trancada com chave, apenas encostada. No saguão, vimos demoradamente outras relíquias. A cabaia que o escritor ganhou do conde de Arnoso, em homenagem a *O mandarim*. A redoma sobre ela estava em manutenção, havia sido retirada e a guia pediu para que não nos aproximássemos, o tecido era muito velho, poderia se desfazer com o toque.

Recebemos também informações sobre as namoradeiras de pedra nas janelas, de onde se via o campo. E enfim chegamos ao quarto de Eça, com a cama pequena, de solteiro, a escrivaninha, o guarda-roupas com portas espelhadas.

— Eça tinha muito medo da morte — explicou a guia. — Por isso dormia recostado em almofadas, meio sentado, os pés para fora do colchão.

Ouvi uma brasileira perguntar para a outra onde ele transava com dona Emília. Ri sem chamar a atenção. Obviamente não era aquele o quarto do escritor, apenas seus móveis dispostos num dos cômodos da casa para onde ele viera como proprietário depois de uma vida em residências alugadas. Os últimos anos parisienses em que buscava outro endereço em Neuilly e a cura em estações de veraneio haviam sido um tormento. Nada era bom o bastante para ele, que desejava levar uma vida próxima à do campo, tal como projetara na quinta herdada. Agora ele morava no que era seu.

— Deitar-se era acercar-se da morte — continuou a guia.

Havia uma lógica entre estes dois móveis, a cama que mais parecia um divã psicanalítico e a mesa de tabelião. O escritor que não se deita, que descansa e dorme na posição de quem lê.

Enquanto a turma saiu do quarto apertado, aglomerando-se no corredor, fiquei mais uns segundos ao lado do guarda-roupa, abri com cuidado sua porta, para descobri-lo vazio. Por um momento, pensei que poderia encontrar as roupas do escritor e foi uma decepção ver seu interior sem cabides, com uma área imensa, a dos casacos, em que caberia uma pessoa encolhida. Lembrei-me de filmes com prisioneiros em celas de tortura, como se fossem minúsculas cápsulas, em que não se podia nem sentar nem ficar em pé.

Entrei no guarda-roupa, ajeitei-me com dificuldade e puxei a porta, deixando uma fresta para ventilação. Fiz a escuridão aumentar fechando bem os olhos. A voz das pessoas ficou ainda mais distante.

A forma de se conseguir ficar completamente parado é diminuir ao máximo o batimento cardíaco. Na juventude, eu fazia isso para sobreviver às crises. Brincar de morrer era uma das coisas a que recorria quando brigava com minha mãe ou era humilhado por algum colega. Eu entrava em meu quarto, deitava nas tábuas do chão e ia respirando lentamente, sentia o sangue correr mais devagar em minhas veias, como se não precisasse tanto dele para os movimentos. Os pulmões também reduziam seu bombeamento. E o coração ia minguando, sem crescer no peito como nos momentos de conflito. Ao contrário, tudo se concentrava em mim. Meu corpo se encolhia de uma maneira imaginária. Não precisava de tanto ar ao meu redor. E por horas eu ficava parado, estendido no assoalho como um Cristo retirado da cruz e depositado na terra. A mente concentrada em nada, apenas a acompanhar cada movimento interno. Eu auscultava meu estômago, a circulação dos líquidos a caminho da bexiga, e isso aos poucos me desligava do mundo ao redor até um ponto em que eu me sentia morto. Morto de uma maneira tão pacificada que eu me imaginava um tronco de árvore caído. Uma pedra esquecida num lugar qualquer da paisagem, sem a presença de seres vivos. Eu me sonhava assim naquelas manhãs ou tardes de silêncio como minério. Estava cansado de ser carne, sangue, lágrimas, esperma, urina, essas coisas que escorrem quando morremos. Só nossos ossos são minimamente confiáveis. E então eu me concentrava neles. Tentava me lembrar de cada um. Ver meu esqueleto como se fosse descoberto por um arqueólogo milhares de anos depois, numa tumba sem registro. Eu tinha a memória viva de uma aula de geografia em que o professor falava de uma araucária de duzentos e cinquenta milhões de anos que havia se tornado pedra sob a terra. Com o tempo extremo, tudo voltava a ser pedra. Era o que eu queria ser. Algo com ausência de espaços vazios entre mim e eu. Como um objeto de veios fechados.

Assim permaneci no armário do quarto de Eça, sem ouvir o que ocorria na casa, se haviam dado falta ou não de mim, a que horas fecharam a porta, quando os funcionários foram embora, se o restaurante atendeu até tarde, no prédio ao lado etc. Tudo que não estava em mim não me interessava. Meus membros curvos no armário me sustentavam petreamente. No começo, um formigamento foi me separando deles, eu já não sentia os pés, depois perdi as pernas, esse amortecimento subiu ao tronco e senti uma espécie de desligamento das vísceras, perdendo a consciência do batimento cardíaco para poder hibernar por duzentos e cinquenta milhões de anos.

Mais tarde, o guarda-roupa acabou aberto, talvez por meus pés, que forçaram seus encaixes, deslocando a porta, pois senti que entrava ar fresco naquele sarcófago e meu corpo começava a ressuscitar. As pálpebras se abriram para outra escuridão, depois os pulmões puxaram uma quantidade grande de ar, minhas costas deslizaram nos fundos do móvel e meus pés e minhas pernas moles escorregaram, escancarando a porta espelhada. Não sei quanto tempo demorei para recobrar os movimentos, já estendido no assoalho. Voltei a sentir o sangue me preencher, alargando veias, e logo mexi o braço que ficara como uma prótese insensível.

Erguido, agarrei com a mão direita ainda meio boba o boné que ficara no armário. Tinha pernas, braços e mãos, uma coluna que me fazia girar, era a máquina humana de antes, com suas fragilidades. Eu estava sozinho na casa que poderia ter sido de Eça. Dei alguns passos pelo quarto pequeno para medir minha resistência e descobri que a porta estava apenas encostada. Abri aquela passagem para me exercitar nos corredores. Tudo escuro. Eu não conhecia o lugar. Tinha de caminhar com cuidado para não esbarrar nos móveis e chamar a atenção de um eventual vigia ou me machucar. Quando voltamos a ter um corpo, somos acometidos pelo medo da dor, da queda, do ferimento. A carne sofre com o que pode acontecer com ela. Andei com receio. Mãos apalpando paredes. Aos poucos, meus olhos se acostumaram à escuridão e eu já podia me mover com independência, confiando apenas na visão que, embora limitada, me orientava pelos cômodos. Fui até o manequim com a cabaia de Eça e a retirei com cuidado do corpo plástico para vesti-la sobre minhas roupas. Serviu perfeitamente. Eu era o mandarim. Tinha sobre os ombros a fantasia centenária que me chegara por usurpação. Eu a roubara como quem finge ser outra pessoa para receber benefícios. Percebi que andava com mais pompa, como se posasse para fotos destinadas à posteridade. O boné de verdureiro ficara na mão, a atrapalhar meu eu oriental. O cheiro de tecido mofado que senti no início se desfizera, e era com uma veste nova que eu andava pela casa.

Fui até a mesa de chá de Eça e retirei o material sobre ela. Com cuidado, embora minha vontade fosse empurrar tudo para o chão, para restaurar o móvel que servira a tentativas de contato espirituais com o outro mundo. Aquela mesa inocente era uma conexão que estava obstruída por objetos decorativos que lhe tiravam a força. Se Eça, ao escrever a Oliveira Martins, falava que o móvel que impressionava os visitantes de Neuilly terminara reduzido à condição subalterna de mesa de chá, o que pensaria agora ao vê-lo como aparador?

Das leituras de suas cartas, o que mais me marcara era a referência a esse item. O conselheiro Emídio Navarro, que ocupava o cargo de ministro de Portugal em Paris, dera de presente ao escritor uma mesa de espiritismo, tema que andava em moda no centro da civilização, a ponto de um Victor Hugo espírita merecer um volume extenso sobre suas experiências com as almas. Aquele móvel tinha valor de ciência numa época em que a civilização estava aberta a todas as inovações. Em torno dela, muitos encontros aconteceram, principalmente com o brasileiro que Eça mais prezava, Eduardo Prado. Havia a possibilidade de Eça ser transferido para o Brasil e isso talvez tivesse sido o grande contato com o outro mundo. Por sua casa passava gente da política, economia e literatura. O barão do Rio Branco era visto por lá. Olavo Bilac e

Joaquim Nabuco o frequentavam. O escritor português tinha ao seu lado o Brasil que brilhava no exterior.

Aquela mesa de espiritismo guardava um vínculo com o Brasil ao qual Eça talvez pertencesse. Entre os brasileiros, ele era muito lido por criticar Portugal quando a república brasileira começava a construir os distanciamentos com a matriz. Esse móvel me conectava a uma época muito anterior a mim. Os espíritos poderiam se manifestar? Com quem eu conversaria? Nas mesas, uma corrente de pessoas com força de alma se reunia para invocar os mortos. Eu era ali todas as pessoas de antes. Era Alberto de Oliveira, Nabuco, Bilac, os Prado etc. Como legião, instalei-me nela. Não havendo mais ninguém comigo, afastei o quanto pude o boné roubado e comecei a inquirir.

— Se houver alguém aí, que o boné se mova. — Era ridícula a cena.

Nesse momento, a luminária ao lado da mesa se acendeu e isso me causou um sobressalto. Um sensor qualquer avisara do intruso na casa vazia à noite, agora que nenhum dos descendentes morava nela? Quem comete um crime sabe que a qualquer momento será exposto à fúria dos justiceiros. Eu quase caí da cadeira ao me ver com a roupa de mandarim.

Olhei para os lados e não identifiquei nada. A luz piscava como se houvesse um mau contato elétrico. O boné continuava no lugar em que eu o deixara e isso era um alívio. O solar de meio milênio recebia o ex-menino criado em casas de madeira feitas para apodrecer rapidamente, para moradores que logo as deixariam. Eu estava entre pedras erguidas contra os séculos. Veio-me uma frase lida em algum lugar: nós nos lembraremos deste planeta. Era uma das imagens que me perseguiam. Ficaríamos vagando até o final da Terra e, como um outro organismo vivo, teríamos memória dela. Eu estava em meio a esse processo de manter uma fração do que fora nosso planeta.

A luz ainda piscava. Viria de onde essa energia? Daquilo que eu trazia em mim e que acendera tantos postes e disparara os sinos das igrejas? Eu tinha uma potência qualquer que acionava mecanismos físicos? Fiquei esperando por uns minutos o vigilante que me prenderia, as luzes da casa todas acesas. Por que você veste essa roupa que nem podia ser tocada? O que faz aqui? Quem é você? Perguntas que eu não saberia responder.

Tinha entrado na casa de Eça para uma intimidade que não poderia acontecer de outra forma a não ser ocupando os vazios deixados pelo escritor. O boné de agricultor ao lado me dava segurança nesses momentos em que tudo acaba em dúvida. Olhei para ele quieto no mesmo lugar. A luz foi piscando com mais frequência até se apagar. Eu estava sozinho. Aqueles móveis não tinham outra existência. Serviam para afirmar o escritor, e não queriam ser mais do que isso. Depoimento material de uma vida que, como todas as demais, se esvaíra. Não se morre, a pessoa se esvai. E as coisas prolongam existências das quais nem se lembram.

— Se alguém quiser me dizer algo, que o boné se mexa para a direita.

Quantas vidas haviam transcorrido naquela casa? Alguém poderia querer passar uma mensagem qualquer, e eu estava pronto para recebê-la.

— Eu tinha desejos pelo meu pai? — perguntei. Alguém quer dizer isso? É só mover o boné.

— Matei uma pessoa e escondi no quintal? — outra pergunta minha.

— Perdi um filho porque não soube ouvir o que ele tinha para me contar?

Enquanto ia fazendo essas provocações, olhava o boné imobilizado no mesmo lugar em que o deixara. A mesa muda. E ela chegara à casa do escritor com a promessa de que revelaria coisas do além. Emídio Navarro estava impressionado com as mesas, feitas por algum marceneiro que soubera explorar o desejo de informações místicas sobre existências já concluídas. Devia ter custado muito mais caro do que uma peça comum. Mais de um século depois, estava pronta para fazer o que sempre fizera. Calar-se. Continuava imóvel, nas palavras de Eça. Que ninguém esperasse a previsão de catástrofes ou reencontros grandiosos com pessoas mortas. Era uma porta que separava os desejos de contato com quem se fora.

Insatisfeito com aquela mudez, perguntei se alguém queria voltar a esta casa; se quisesse, poderia usar meu corpo. Diante da imobilidade de tudo, escorreguei na cadeira e fechei os olhos.

Ouvidor de vozes

— *Caiu-me bem o anho assado.*
— Quem está falando? — perguntei.
Na biblioteca escura, eu não via muita coisa por ter ficado com os olhos fechados por um largo período de tempo. Aos poucos, os móveis ganhavam contornos mais definidos. Eu havia deixado o mundo dos vivos para ser sombra em meio a sombras. Estava digerindo uma refeição que não pertencia ao mundo físico. Então arrotei a carne comida vinte e quatro horas antes e da qual eu guardava um sabor improvável na boca. Entre mim e ela havia um almoço diferente na casa de Josefa. O tempo criava falhas, abrindo brechas para juntar o que no espaço estava distante. Eu conversava comigo mesmo. E arrotei de novo o cordeiro assado.
    Ergui-me na esperança de que esse movimento me devolvesse a apenas um eu.
— *Em pé me sinto melhor* — a voz disse.
    Como estava sozinho na casa escura, não podia identificar de onde vinham as palavras. Mas eu as escutava de maneira clara, próxima, íntima. Estiquei as pernas e os braços, como se

acordasse de um longo sono, e fiz um giro pelo cômodo, pondo os ombros no lugar, num movimento que não me era comum.

— É bom não se sentir doente. Que coisa saudável é a saúde — a voz riu, pelo chiste.

Também ri, interiormente, com a satisfação de saber que essa frase tinha origem em algum livro que eu havia lido. As frases dormem anos conosco e ressurgem de maneira inesperada, irrompem em nossa memória como cogumelo depois da chuva.

— *Que coisa prudente é a prudência. Alves & Cia. Na cena final* — a voz explicou.

— Sei exatamente quem é você — falei.

— *Por favor, anda um pouco mais.*

Dei uma volta pela biblioteca e parei na frente da estante.

— *Pega um livro e o folheies.*

Estendi nossa mão direita e abri um exemplar qualquer. Estava escuro. Eu não conseguiria ler. Apenas movia as páginas do volume pesado, sentindo o cheiro doce de papel velho, ouvindo o barulho ressecado da encadernação ranger ao ser forçada. Ter o livro assim, sopesá-lo, era o que podíamos fazer no momento, pois eu não ousava acender as luzes que me denunciariam. Aproximei as narinas do papel e aspirei longamente os fungos.

Guardei o livro, andei um pouco mais na linha das estantes e peguei outro exemplar mais leve, que não abri. A presença dele, a encadernação áspera nas mãos, pequenos pedaços se soltando como farelos, tudo isso me pacificava.

— *Foi onde minhas mãos mais estiveram* — a voz falou.

— Fico imaginando a vida de uma cortesã.

Eu usava palavras que não eram minhas. Diria garota de programa e não cortesã. Eu fora povoado por um dicionário de termos antigos.

— Onde as mãos das cortesãs mais estiveram na sua longa trajetória profissional? — continuei.

— No sexo de senhores de aparições efêmeras.
— Sim, as mãos delas guardam a memória anatômica do falo.
— E as nossas guardam a do livro — a voz completou. — Ter um livro entre os dedos, mover suas páginas como carícias feitas em partes íntimas.
É assim que se ama um livro, eroticamente.
— Quer tocar mais um? — perguntei.
— Pergunta desnecessária, pois já sabes a resposta.
E fui à outra parede, deslizando os pés pelo assoalho para não correr o risco de tropeçar em algo e denunciar nossa presença. Seria muito difícil explicar por que estávamos na casa naquele horário.
Ergui um volume pesado.
— Só para consultas — ele falou. — Leva-me à mesa de escrita.
Fui até ela com os mesmos cuidados e parei bem em frente. Ergui as mãos e pousei os braços sobre o tampo inclinado. A mão direita foi até o tinteiro com a pena e apertou o metal.
— Essa é a memória anatômica da mão do escritor. O formato de uma pena.
— Agora escrevemos em computadores.
— Conheci a máquina de escrever, mas preferi sempre a pena. E por um motivo.
— A continuidade da escrita.
— Sim.
— A sensação de ver as palavras serem unidas pelo nosso movimento. A mão comanda a escrita manual. A digitação e a datilografia deram autonomia aos dedos.
— O que é espantoso, os dedos todos juntos na escrita. Os dedos separados nessa outra forma.
E peguei a pena para fingir escrever no ar, os cotovelos sobre o tampo, em meio a objetos.

— Se me perguntassem onde morei, diria que morei na escrita, morei principalmente nesta mesa.

— Sua verdadeira casa.

— Vamos acumulando casas, mas só há uma.

E sem que ele me pedisse, saí da biblioteca para percorrer outros espaços. Tirei os tênis, deixando-os na porta da sala de estar, para deslizar melhor com as meias.

— Tocar diretamente esse piso, que só foi refeito quando eu não estava mais aqui — eu ouvia tão nitidamente aquela voz.

Meus pés pisavam com cuidado cada centímetro. Aproximei-me da parede e passei por elas as mãos, próprias e alheias.

— Senti saudades dessa casa. Estas paredes testemunharam meus filhos e meus netos. Elas ficaram aqui por mim e falaram de mim a eles, protegendo os meus — olhei ao lado querendo ver meu interlocutor, mas não havia ninguém.

Encostei o rosto na parede, colando depois todo o corpo. E senti uma ereção ao ter aquele contato com pedras centenárias. Era impossível a penetração. Mas a fricção por si só me satisfazia. A casa exalava um odor de coisa fermentada. Queria uma frincha para enfiar-me. E esfolei o rosto na parede, os lábios a tocar um rejunte. E veio um orgasmo mínimo, visguento, constrangedor.

Eu me afastei da parede por uns centímetros, depois de finalizar algo forte, sem testemunhas, com o atemporal.

— Queria agradecer por mais essa experiência — a voz voltou a se manifestar.

Fiquei excitado com o eterno que aquelas paredes ofereciam. Era isso o desejo. Permanência. Para isso escrevíamos, a desperdiçar o pouco tempo entre os vivos. Para isso tínhamos filhos. As pedras traziam em si o que tanto ansiávamos.

— Sonhava com a casa, com alguém que me permitisse chegar a ela — a voz estava enternecida.

— Uma casa que nunca foi sua — complementei.

— Que foi minha por quase cento e quarenta anos, mas que nunca pude habitar. Tu me deste a oportunidade de frequentá-la.
— Nunca ouvi falar de alguém que tivesse como amante uma casa.
— Uma casa nos livra do nada.
— Mesmo quando vazia.
— Aqui ficaram alguns objetos que me pertenciam. Mas não havia ainda entrado nela depois de morto. Eis-me enfim de volta.

Com as calças úmidas de um visgo que era vida, fiquei circulando pelos cômodos, tocando paredes, sentando nas namoradeiras, tudo a reviver uma era da qual eu também me afastava ao mesmo tempo que usufruía dela.

— A cozinha, eu gostava de ver a cozinha. A comida me religou a Portugal — a voz em mim pediu.

Nessa hora, meu estômago fez um barulho de tripas percorridas por líquidos, e segui para o ambiente dos fundos com utensílios contemporâneos, mas ao lado do imenso fogão de granito, com pedras descomunais, igual a uma lareira gigante, onde a lenha queimara por séculos.

— Nada para se comer, infelizmente — concluí.
— Mas guardo a memória do que aqui me alimentou.

E olhei para o fogão tingido de fumaças ancestrais.

Vir de longe

Fui interrompido pelo barulho de pequenos metais riscando vidro. Vinha do escuro que eu havia percorrido antes. O pouco que eu enxergava na cozinha não era suficiente para qualquer certeza sobre o real. O ruído foi ficando mais frequente e irritante. Havia urgência naquilo que me solicitava. Se estivesse com meu celular, acenderia a lanterna para me guiar pela casa e identificaria o que estava acontecendo. Aqui na cozinha, o som se perdia na vastidão escura. E tinha uma irritação cada vez maior.

O assaltante se move como fantasma, sem chamar a atenção. Então não poderia ser um ladrão, que tudo faria para ocultar-se. Não havia o que temer. Só me restava o caminho de volta, eu não iria para outras dependências que a porta da cozinha prometia, pois estaria provavelmente trancada.

Resolvi voltar à sala de estar, avançando com cuidado. Nesta hora me sentia vazio. Não havia com quem conversar e eu até me descobria mais leve. A deslizar sobre os ladrilhos e depois sobre a madeira, aproximei-me daquele centro sonoro. Quando vamos ao encontro do barulho, é como se ele viesse em nossa direção. E agora eu ouvia nitidamente lâminas cortando vidro. Por um descuido, esbarrei num móvel, a poltrona de leitura, e isso fez o som cessar. Paralisado, sem coragem de seguir, esperei por um comando da voz, mas não a ouvi.

Logo o vidro voltou a ser riscado. No começo de forma tímida, como um sussurro, para ir se intensificando. Era uma exigência, tínhamos a obrigação de responder e eu estava muito perto dele. Vinha das portas que levavam à varanda. Lugar mais vulnerável da casa, era alta e revelava os campos e os fundos do quintal, podendo no entanto ser escalada por um assaltante hábil nesses trabalhos.

— *Mais alguém quer entrar* — a voz então me disse.

E fiquei feliz ao saber que não estava sozinho.

— O que você acha que deve ser? — perguntei.

— *O campo tem surpresas. Se fosse em Paris, eu diria tratar-se de um ladrão.*

— E aqui?

— *Também diria tratar-se de um ladrão.*

Eu ri, nervoso.

— *Poderiam ser os galhos de uma árvore seca contra a janela* — a voz tentou me acalmar.

— Pouco provável — falei.

A varanda era funda e eu não vira árvore alguma quando estive ali, apenas vasos de flores, cadeiras.

— *Poderia ser o vento friccionando algum objeto leve contra o vidro.*

— Não faria esse barulho — revidei.

— *Então vamos parar com os rodeios e ver o que está acontecendo. Abre a porta e deixa esses seres entrarem.*

Senti medo. Até aqui, eu conversava comigo mesmo, com palavras que não eram minhas. Agora, tinha de enfrentar seres reais. Na infância, eu correria à cama de meus pais. E foi o que quis fazer. Ir a eles em disparada, sem receio de acordar a casa toda. Só não sabia, nessa confusão de tempos e espaços, para que lado ficava o quarto deles. E isso me deixou ainda mais perdido.

— *Vai até as portas da sacada e abre-as* — a voz me disse. — *Quero sentir a brisa da madrugada.*

Algumas ordens comandam nossos membros e eles se movem por conta própria. Fui à sacada escura, meio de olhos fechados, e abri a fechadura com força. Segundos antes, o barulho parara. Quando puxei para dentro as duas folhas da porta, uma onda de ar fresco invadiu a sala. Abri bem os olhos e vi três gatos entrarem calmamente, familiarizados comigo. Não correram até a poltrona, não foram para o extremo do cômodo. Ficaram se esfregando em minhas pernas.

— *Os gatos da casa de Neuilly vieram me visitar* — a voz estava embargada.

Eu me abaixei e fiz carinho neles para sentir os pelos longos, que se soltavam enquanto eu passava a mão, o cheiro forte de sujeira, os corpos flexíveis. Essas carícias me pacificaram. Sentei-me no chão e os gatos ficaram ao meu redor. Pularam por minhas pernas, um ficou em meu colo, outro se coçou em meu pé estendido para a frente.

— *Não podes imaginar a saudade que senti deles. Durante a escrita, restavam como companhias ausentes ou saíam pelos quintais vizinhos e, mesmo distantes, eram uma presença que não desaparecia, como se estivessem comigo. Fui um escritor com gatos. E eles voltaram* — a voz que para mim era de Eça estava à beira do choro.

Aqueles gatos deviam ser os mesmos que me acordaram no parreiral próximo.

— Vocês querem carinho — falei.

— *Os gatos se parecem com fantasmas* — a voz afirmou. —

Sempre amei essa indiferença deles. Como se nada importasse. Estar ou não vivo. Estar cá ou além. Ter onde descansar à tarde ou ser obrigado a percorrer horizontes. Estão sempre de chegada ou de saída. Não é isso a vida?

— Quem está sempre de chegada está em permanente partida — respondi.

Os gatos faziam festa comigo, indiferentes a esses pensamentos. E logo correram pela casa e fiquei esquecido no chão. Era ridículo permanecer assim quando não havia os animais para justificar a entrega. Então me levantei para ir à sacada. A noite me dava luzes e estrelas. E eu podia intuir a presença silenciosa do rio Douro. É bom saber que ele está lá embaixo, oculto em seu curso, como se nada estivesse acontecendo às suas margens.

Fiquei contemplando o vazio até ouvir algo cair. Voltei à casa para ver os gatos nas poltronas. Deviam ter derrubado algo. Cheguei perto e vi estilhaços no chão, sem tempo para evitar que um dedo de meu pé fosse furado pelos cacos de um porta-retrato. Abaixei-me para tocar meu dedo, que sangrava.

Com a meia úmida, eu deixaria sinais de minha passagem pela casa. Pensei em pegar um pano e limpar. Mas o corte fora pequeno, quase como um furo de agulha. Os gatos estavam quietos ao meu redor, e isso me integrava a tudo, como se estivesse em minha casa. Agachado, eu me dediquei a alisar a pelagem daqueles animais que, mesmo sendo daqui, vinham de longe.

Quarto de hotel

Fui à sacada e tirei do vaso sobre o balcão uma flor envelhecida, prestes a desfolhar-se, desfazendo o breve sonho de beleza, a única que restara de uma floração forçada por adubos e cuidados. Com a flor na mão, sua haste curta e suas pétalas frágeis, segui amorosamente para a biblioteca, a me descobrir de novo em meu habitat, animal antes enjaulado e agora, por piedade, solto na selva. Queria escrever na companhia da beleza campestre ao lado de meu tinteiro, em minha mesa, e acendi uma lâmpada sem saber que conseguia fazer isso, porque tudo era velho e novo para mim. Deitei a flor no tampo, peguei a pena e abri um caderno de contabilidade que ficara esquecido de outros tempos, mas que nunca me pertencera, embora me pertencesse desde que fora posto ali, à minha espera, num convite à escrita. Meu cenário de escritor estava pronto, faltava-me a mim. E eis-me aqui, improvável mas com alguma densidade. O escritor. A flor. A mesa firme ao longo do século em que, por descuido, me ausentei. O caderno sem uma palavra, convocação para as letras que eu voltava a alinhar. O início de uma frase exige um desejo de terminar a obra, não digo quanto antes, pois assim seria pressa, mas no tempo curtíssimo que nos resta para isso. O princípio exige um gesto desmesurado de força. Algo vem lá de dentro e nos lançamos sobre o papel. Foi o que fiz com os instrumentos que voltavam a obedecer à minha mão. Fiz o movimento, mas não havia tinta e a pena era só um metal mudo, que arranhava, quase rasgando, a folha envelhecida. Nos sonhos, eu tentava escrever e não conseguia. A mão parava, petrificada, como a de uma estátua. Eu tinha tantas palavras para usar, conhecia a natureza humana, suas misérias, sobre as quais discorria nas cavaqueiras com os amigos, mas estava preso a uma condição paralisante, e a nuvem de palavras, de cenas e pessoas não era traduzida em código algum. De que adiantava ter de novo um corpo, sofrer o sangue correndo nas veias com todas as consequências que isso implica, sentir dores por pequenos movimentos, e na hora o dedo do pé furado latejou desproporcionalmente e a coluna ardeu como se estivesse em chamas, de que adiantava a via crucis da carne se aquilo para que eu existira não me acompanhava? Olhava a flor ordinária, que dizia, amável, em seu perdido frescor: estás de volta ao campo, à tua terra. Em minhas jornadas de trabalho em Paris, quando tudo eram conquistas modernas, mantinha ao meu lado a flor, o campo inteiro estava ali, e fazia passeios ao Jardin des Plantes, sem perder de vista árvores e animais domésticos, e era embalado por essas imagens e pela presença da flor eternamente depositada ao meu lado, quando escrevia, mesmo depois da doença. Ao começarem as viagens para estações termais, pois era isso que os médicos recomendavam para minha malária, nome da doença não diagnosticada, mas compatível com quem vaga por terras indesejadas, eu sabia que aqueles deslocamentos medicinais permitiam uma volta ao campo na tentativa de ganhar a saúde que já não existia. Meu corpo me deixava. A sensação que eu tinha era de divisão entre mim e ele. De que meu corpo, nas intermináveis diarreias, no emagrecimento constante, na febre e nas feridas nas pernas, cumpria seu distanciamento. Nas viagens à Suíça, para reconquistar a força, eu me perdia de mim. Nenhum lugar era meu. E nos últimos anos me restavam os hotéis, seja pela necessidade de alugar novas casas, enquanto tu, querida Emília, ias também em veraneio com as crianças, seja pela peregrinação por climas ditos saudáveis. Um dos hotéis me causava arrepios pelo nome, algo que só percebi depois. Meu desaparecimento começou ao me hospedar no Hotel Terminus, na insuportável Paris, insuportável ao menos para um homem doente que queria tempo e sossego para ler e escrever, enquanto aguardava a família e arranjava mais uma morada provisória. Entre casas alugadas e quartos de hotéis, carreguei-me com meus desejos de raiz. Planta num vaso, árvore exótica em solo impróprio. Eu deveria ter escolhido outro hotel, mesmo que mais caro e menos confortável. No Terminus, incomodava-me o letreiro como uma ameaça que se confirmou. Os meses finais foram de sacolejar em comboios, jogado de um quarto a outro, apenas meu corpo e eu, e meu corpo me cochichava dores, gritava saudades, esvaziava-se de mim. Mesmo nesse estado terminal — intuído por mim, mascarado pelos médicos —, não deixava de olhar as flores nos jardins, se era tempo delas, mas já não via as pessoas, apenas histórias que me cercavam de todos os lados e queriam entrar por minha mente e sair por minhas mãos fracas. Escrever como cultivar um vasinho delas, e então eu punha em movimento os dedos cada vez mais magros, escrevia cartas, esboçava contos e romances, acionava a mão, a mesma que, agora, inerte sobre o velho caderno de contabilidade, quer funcionar. Por que a escrita me abandonara mesmo nesse retorno de um corpo? Eu estava de volta a mim, a um sistema de nervos, sangue, ossos, espermas, tanta lassidão por herança. E era para escrever como antes, e no entanto eu não podia mais, por quê? Não escrever era a morte. Eu lutava para escrever de novo depois de um século ausente. A mão imóvel. Os dias gastos em hotéis, tentando me reencontrar com a saúde, e não havia força, agora sei, perder as palavras era o que me emagrecia, meus livros estavam longe e por isso mesmo nada me satisfazia, nem o ambiente mais agradável, a presença do mar e o cheiro resinoso dos pinheiros que experimentei em Arcachon, no Hotel des Pins et Continental. O Melo Viana, com seu conhecimento médico, insistia para eu deixar Paris, para isolar-me no campo, percorrer matas, mas ainda ao lado da mata eu não escrevia. Meus livros estavam aqui, eu sentia o cheiro deles, havia a flor sobre a mesa e nada me permitia a escrita. Nos últimos meses, em habitações indiferentes a meu trabalho, tudo que eu tinha era o papel de carta e o cansaço usados para relatar a ti e aos nossos filhos, Emília, minha falência física. Eu acelerava as viagens, corria para tantas estações, impedido de escrever na paz de meu escritório, nem no passado dos últimos tempos nem nesse hoje roubado. A casa de Neuilly com seus galos, galinhas, um papagaio brasileiro falando palavras obscenas em francês, como isso nos divertia, querida, e eram as palavras que repetíamos à noite, quando nossos corpos se buscavam. E havia nossos gatos, saudades de Simonette, a angorá branca que mais parecia uma fantasma, e também de Minette, de todos os gatos vadios que nos visitavam, e das plantas que trouxeste de Santo Ovídio, e até da assustadora cobra que o brincalhão Prado soltou em nosso pátio arborizado, em nossa falsa quinta parisiense. Todo esse simulacro era saudade de um lugar onde eu nunca viveria, onde estou novamente num quarto provisório, num corpo que não é meu, embora sonhasse escrever aqui meus livros, os últimos livros a que nos destinamos são sempre os grandes livros que escreveremos, sobretudo quando não há tempo para escrever. Eles ficaram escritos em minha imaginação e eu gostaria de tentar ao menos uma linha, mas o corpo alheio me permite rever meu endereço e, ao mesmo tempo, me impede de escrever. Forço a pena, a página rompe, e parece o rasgo de quem busca um movimento impossível, a mão meio morta depois de um derrame tentando um gesto de precisão. Não escreverei meus melhores livros, e por isso me desespero. Era no que pensava enquanto me desfazia, tentando me curar, nas estações a que fui mandado pela medicina. A casa da Avenue du Roule tinha as plantas e os animais de Portugal e do Brasil, estive imaginariamente nos dois países o tempo todo de exílio, embora nunca tenha visitado a ex-colônia. Nessa outra vida, trazia imagens muito estranhas dela, eu herdara lembranças de uma vila de terra vermelha, de casas de madeiras, gente suja e rude, mas de rosas nos jardins, palmas brancas, o quarto operário, sim, eu havia morado de alguma maneira no Brasil, e me vinha a palavra indígena — Peabiru. E eu via tudo passando diante de mim e não sabia quanto daquilo era meu, quanto eu poderia carregar no ser sem matéria, impróprio para a memória. Todas as memórias são impróprias, querida. São falsificações desesperadas. Eu me falsifico no corpo alheio. Os artistas criam rastros mais vistosos. Querem continuar a ser. As trepadeiras da tua casa de Santo Ovídio cresceram aqui, Emília querida? Essas paredes viram nossos filhos ganharem corpo, cabelos brancos, ouviram os risos e os lamentos deles. Essa foi, por séculos, minha casa. Nossa casa. Tua casa, apenas com meu nome como legenda. Meu derradeiro livro foi a casa em que vocês me reconstruíram. Aqui vivi porque aqui tu e os teus viveram, protegidos pelas serras, abençoados pelo Douro, e agora as plantas não são mais simulacros e cá estamos nós ao lado das castanheiras, das videiras, dos cedros, da paisagem que nos fazia tanta falta. Acabaram-se as duas longas doenças. A minha, que me afastou de vocês e da escrita. A dos exílios, que nos afastou de mim. Estou aqui com vocês, filhos e netos. Percorri com vocês *todos esses anos, que não foram solitários, os cômodos da casa nesta noite em que me emprestaram um corpo. Nós nos sentamos ao sol, nas manhãs frescas, e conversamos com o olhar fixo em paisagens amáveis, os olhos turvos de lágrimas manchavam o que víamos sob a luz nítida dos alvoreceres. Estou talvez de cabelos brancos e ando com dificuldade neste momento em que venho morrer onde devia ter vivido. É madrugada. Não vou acordá-los dos sonhos que os separam da existência que nos coube. Sempre me imaginei a morrer assim, em pé, caminhando até chegar a um obstáculo e cair. Não conseguia dormir completamente deitado, restava sempre meio recostado nas almofadas, os pés para fora da cama. A cama de um artista não pode ser grande nem confortável, porque o artista não se conforma com a morte, com o sono, o artista é vigília, os escritores são as pessoas mais insones do mundo, descansando o mínimo, a pensar em tudo e a sonhar outros mundos. Nunca quis dormir o mínimo que fosse, e era com raiva que fechava os olhos cansados. Ansiava por uma existência contínua, por isso o descanso em posição semiereta, a escrita em pé, a alma teimosa que não se aquieta. Eu gostava de ter sido enterrado em pé, como uma múmia permanece milênios no sarcófago. Agora posso vagar pela casa de novo. E quero me ver no espelho. O que a velhice fez de mim? Acho que está na hora de morrer mais uma vez, depois de ter habitado enfim a casa para onde meus ossos me destinavam. Ao seguir para o quarto, sinto fraqueza. A força que até então me movia começa a sumir. O que estou fazendo aqui? Que lugar é este? Tenho uma sensação ruim, tudo se embaça, não apenas nesta noite vaga. Sem querer, toco em algo e o quarto se ilumina. Nunca dormi aqui porque nunca dormi. Mas esta cama, por que ela me convoca enquanto meus pés se arrastam? O corpo dói, sinto-me queimar de uma febre que me obriga a fechar um pouco os olhos. Estou a me mover com lentidão. Chego diante de algo que me reflete. A memória me diz longinquamente que o objeto é um espelho. Olho nele e tudo que enxergo é um quarto vazio, imensamente vazio. Instalo-me na cama cuidadosamente arrumada. E não sei mais o que fazer. Esqueci como devemos agir quando entramos em um quarto de hotel. Se ao menos eu tivesse uma mala, eu a colocaria sobre a cama.*

ESTA OBRA FOI COMPOSTA EM ELECTRA POR VANESSA LIMA
E IMPRESSA EM OFSETE PELA LIS GRÁFICA SOBRE PAPEL PÓLEN SOFT
DA SUZANO S.A. PARA A EDITORA SCHWARCZ EM SETEMBRO DE 2022

A marca FSC® é a garantia de que a madeira utilizada na fabricação do papel deste livro provém de florestas que foram gerenciadas de maneira ambientalmente correta, socialmente justa e economicamente viável, além de outras fontes de origem controlada.